André Gide
Der Immoralist

André Gide

Der Immoralist

Aus dem Französischen übertragen
von Gisela Schlientz

Roman

Anaconda

Andre Gides Roman »L'immoraliste« erschien zunächst 1902 in der Literaturzeitschrift *Mercure de France* in Paris. In deutscher Übersetzung erschien der Roman erstmals 1905. Die Übersetzung von Gisela Schlientz erschien erstmals 1991 in Band VII der Werkausgabe »Gesammelte Werke in zwölf Bänden«, Deutsche Verlags-Anstalt. Ihr liegt die erste französische Fassung von 1902 zugrunde. Orthografie und Interpunktion wurden unter Wahrung von grammatischen Eigenheiten auf neue Rechtschreibung umgestellt.

MIX
Papier aus verantwortungsvollen Quellen
FSC® C083411

Penguin Random House Verlagsgruppe FSC® N001967

Die Deutsche Nationalbibliothek verzeichnet diese Publikation in der Deutschen Nationalbibliografie; detaillierte bibliografische Daten sind im Internet unter http://dnb.d-nb.de abrufbar.

Umschlagmotiv: Amedeo Modigliani (1884–1920)
»Portrait of Paul Guillaume« © Bridgeman Images / Photo Josse
Umschlaggestaltung: www.katjaholst.de
Satz und Layout: Fotosatz Amann, Memmingen
Druck und Bindung: CPI books GmbH, Leck
ISBN 978-3-7306-1083-1
www.anacondaverlag.de

Für HENRI GHÉON
meinen freimütigen Gefährten

Ich danke dir dafür, o Herr,
dass ich wunderbar gemacht bin.
Psalm 139, 14

Vorwort

Ich gebe dieses Buch hin für das, was es wert ist. Es ist eine Frucht voll bitterer Asche; es gleicht den Koloquinten der Wüste, die an ausgedörrten Stellen wachsen und den Durst nur noch schrecklicher brennen lassen, doch auf dem Goldsand nicht ohne Schönheit sind.

Hätte ich meinen Helden als Beispiel ausgegeben, so wäre mir das, ich muss es eingestehen, schlecht gelungen; die wenigen, die sich für Michels Abenteuer überhaupt interessierten, wollten ihn nur verhöhnen mit der ganzen Kraft ihrer Güte. Nicht umsonst habe ich Marceline mit so vielen Tugenden geschmückt; man mochte es Michel nicht verzeihen, dass er sie nicht sich selbst vorzog.

Hätte ich dieses Buch als eine Anklageschrift gegen Michel ausgegeben, so wäre mir das kaum besser gelungen, denn niemand hat mir Dank gewusst für den Unwillen, den er gegen meinen Helden empfand, es schien sogar, als empfände man diesen Unwillen ohne mein Zutun; von Michel ging er auf mich über; um ein Weniges hätte man mich mit ihm verwechselt.

Ich habe jedoch aus diesem Buch weder eine Anklageschrift noch eine Apologie machen wollen und habe mich jeden Urteils enthalten. Das Publikum verzeiht dem Autor heute nicht mehr, wenn er sich nach dem Schildern der Handlung nicht für oder wider erklärt; selbst mitten im Fortgang des Dramas soll er Partei ergreifen, soll er sich eindeutig äußern, entweder für Alceste oder für Philinte, für Hamlet oder für Ophelia, für Faust oder Gretchen, für Adam oder Jahwe. Ich will gewiss nicht behaupten, die Neutralität (fast möchte ich sagen, die

Unentschiedenheit) sei das sichere Zeichen für einen großen Geist; aber ich glaube, manche großen Geister waren wenig geneigt zu … entscheiden – und wer geschickt ein Problem stellt, hat es noch lange nicht im Voraus gelöst.

Nur widerwillig benutze ich hier das Wort »Problem«. Eigentlich gibt es in der Kunst keine Probleme – deren hinlängliche Lösung nicht das Kunstwerk lieferte.

Wenn man unter »Problem« jedoch »Drama« versteht, möchte ich meinen, dass das in diesem Buch erzählte, nur weil es sich in der Seele meines Helden abspielt, nicht weniger zu allgemeingültig ist, um nur auf sein besonderes Erleben begrenzt zu bleiben. Ich maße mir nicht an, dieses »Problem« erfunden zu haben; es existierte schon vor meinem Buch; ob Michel siegt oder unterliegt, das »Problem« besteht weiter, und dem Autor gilt weder der Sieg noch die Niederlage als ausgemacht.

Wenn einige kluge Köpfe in diesem Drama nichts anderes sehen wollten als die Darstellung eines bizarren Falles und in seinem Helden einen Kranken; wenn ihnen entgangen ist, dass etliche bedrängende Gedanken von ganz allgemeinem Interesse darin enthalten sind – so liegt die Schuld nicht bei diesen Gedanken oder bei diesem Drama, sondern beim Autor, und damit meine ich: bei seinem Ungeschick – auch wenn er in dieses Buch all seine Leidenschaft, alle seine Tränen und alle Sorgfalt eingebracht hat. Aber das wirkliche Interesse eines Buches und jenes, das ihm das Tagespublikum entgegenbringt, sind zwei sehr verschiedene Dinge. Ich glaube, man kann ohne allzu große Überheblichkeit eher riskieren, dass man am ersten Tag mit interessanten Dingen kaum interessiert – als dass man ohne Aussicht auf ein Morgen ein nach Plattheiten gierendes Publikum begeistert.

Im Übrigen ging es mir nicht darum, etwas zu beweisen, sondern darum, mein Gemälde gut auszumalen und zu beleuchten.

Herrn Präsident D. R.

Sidi b. M., 30. Juli 189 …

Ja, Du hast richtig vermutet, mein lieber Bruder: Michel hat mit uns gesprochen. Hier folgt, was er uns erzählt hat. Du hast danach verlangt; ich habe es Dir versprochen. Aber nun, da ich es abschicken will, zögere ich noch, und je öfter ich es lese, umso schrecklicher scheint es mir. Ah, was wirst Du von unserem Freund denken? Was soll ich übrigens selbst von ihm denken? Sollen wir ihn einfach verdammen und damit leugnen, dass man auch Fähigkeiten, die sich grausam äußern, zum Guten leiten kann? – Doch ich fürchte, es gibt heute mehr als einen, der sich in diesem Bericht zu erkennen wagt. Kann man für so viel Intelligenz und Kraft ein Amt finden – oder muss man dem das Bürgerrecht verweigern?

Auf welche Weise kann Michel dem Staat dienen? Ich gebe zu, ich weiß es nicht … Er braucht eine Beschäftigung. Werden es die Macht, über die Du verfügst, die hohe Stellung, die Dir Deine großen Verdienste eingebracht haben, ermöglichen, sie ihm zu finden? – Beeile Dich. Michel ist ergeben, noch ist er es; bald wird er es nur noch sich selber sein.

Ich schreibe Dir unter einem vollkommen blauen Himmel; in den zwölf Tagen, die Denis, Daniel und ich hier verbringen, keine Wolke, kein Nachlassen der Sonne. Michel sagt, der Himmel sei seit zwei Monaten so klar.

Ich bin weder traurig noch heiter; die Luft hier erfüllt dich mit einer schwer zu fassenden Erregung und lehrt dich einen Zustand kennen, der so weit von der Heiterkeit entfernt ist wie vom Schmerz; vielleicht ist das Glück.

Wir bleiben bei Michel, wir möchten ihn nicht allein lassen.

Lies bitte diese Seiten, und Du wirst verstehen, warum. Hier, in seiner Wohnung, erwarten wir Deine Antwort; zögere nicht.

Du weißt, dass eine schon anfangs sehr enge Schulfreundschaft, die sich mit jedem Jahr festigte, Michel mit Daniel, mit Denis, mit mir verband. Unter uns vieren wurde eine Art Pakt geschlossen: Auf den geringsten Hilferuf des einen sollten die drei anderen antworten. Als ich dann von Michel diesen mysteriösen Notschrei erhielt, habe ich sogleich Daniel und Denis benachrichtigt, und alle drei ließen wir alles hinter uns und brachen auf.

Wir hatten Michel seit drei Jahren nicht wiedergesehen. Er hatte sich verheiratet, war mit seiner Frau auf Reisen gegangen, und während seines letzten Aufenthalts in Paris war Denis in Griechenland, Daniel in Russland gewesen und ich, wie Du weißt, bei unserem kranken Vater festgehalten. Wir waren indes nicht ohne Nachrichten geblieben; doch was uns Silas und Will, die ihn wiedergesehen hatten, von ihm berichteten, konnte uns nur erstaunen. Ein Wandel ging in ihm vor, den wir noch nicht erklären konnten. Das war nicht mehr der hochgelehrte Puritaner von einstmals, dessen Gesten im Eifer der Überzeugung linkisch, dessen Augen so klar waren, dass vor ihnen unsere oft allzu freien Reden verstummten. Das war … aber warum soll ich Dir schon andeuten, was Dir sein Bericht selbst sagen wird?

Ich schicke Dir also den Bericht, wie ihn Daniel, Denis und ich gehört haben. Michel erzählte auf der Terrasse, wo wir in seiner Nähe im Dunkel und in der Sternenhelle ausgestreckt lagen. Am Schluss seines Berichtes sahen wir den Tag über der Ebene aufsteigen. Sie wird von Michels Haus beherrscht, und vom Dorf, das nur wenig entfernt liegt. Durch die Hitze und weil die Ernte eingebracht ist, gleicht diese Ebene einer Wüste.

Trotz seiner Armut und Absonderlichkeit ist das Haus von Michel bezaubernd. Im Winter litt man unter der Kälte, denn seine Fenster haben keine Scheiben, oder vielmehr hat es gar keine Fenster, sondern riesige Löcher in den Mauern. Es ist so schön, dass wir draußen auf Matten schlafen.

Ich muss Dir noch erzählen, dass wir eine gute Reise hatten. Wir sind hier gegen Abend angekommen, von der Hitze erschöpft und trunken von neuen Eindrücken, nachdem wir uns weder in Algier noch in Constantine lange aufgehalten hatten. Von Constantine brachte uns eine neue Bahn bis nach Sidi b. M., wo ein Wagen wartete. Die Straße hört weit vom Dorf entfernt auf. Dieses nistet hoch oben auf einem Felsen wie gewisse Marktflecken in Umbrien. Wir stiegen zu Fuß hinauf; zwei Maultiere hatten unsere Koffer übernommen. Wenn man auf diesem Weg ankommt, ist Michels Haus das erste des Dorfes. Ein von niedrigen Mauern umschlossener Garten, oder eher ein Vorplatz, umgibt es, in dem drei schiefe Granatapfelbäume und ein prächtiger Oleander wachsen. Ein Kabylenkind war da, das bei unserer Ankunft flüchtete, indem es kurz entschlossen über die Mauer kletterte.

Michel empfing uns ohne sichtbare Freude; er schien jede Äußerung der Zärtlichkeit zu fürchten; aber gleich auf der Schwelle umarmte er jeden von uns dreien mit Ernst.

Bis zum Einbruch der Nacht wechselten wir keine zehn Worte. Ein fast frugales Mahl war in einem Salon vorbereitet, dessen aufwendige Dekoration uns erstaunte, was Dir jedoch der Bericht Michels erklären wird. Dann servierte er uns den Kaffee, den er selbst zubereitet hatte. Danach stiegen wir auf die Terrasse, wo sich der Blick bis ins Unendliche erstreckte, und warteten alle drei, gleich den drei Freunden Hiobs, während wir über der flammenden Ebene das rasche Schwinden des Tages bewunderten.

Als es Nacht war, sprach Michel:

Erster Teil

I

Meine lieben Freunde, ich war eurer Treue gewiss. Auf meinen Ruf hin seid ihr herbeigeeilt, ganz wie ich es auf den euren hin getan hätte. Indes habt ihr mich drei Jahre lang nicht gesehen. Möge eure Freundschaft, die die Trennung so gut übersteht, ebenso gut den Bericht überstehen, den ich euch liefern will. Denn wenn ich euch so plötzlich rief und euch bis zu meiner fernen Behausung reisen ließ, so geschah das allein, um euch zu sehen, und damit ihr mich anhören könnt. Ich will keine andere Hilfe als: zu euch sprechen. Denn ich bin an einem Punkt meines Lebens angelangt, den ich nicht mehr überschreiten kann. Doch das ist nicht Überdruss. Ich begreife nichts mehr. Ich möchte ... Ich möchte mich aussprechen, sage ich euch. Sich befreien ist nichts; frei sein können ist das Schwierige. – Ihr müsst es ertragen, dass ich von mir spreche; ich will euch einfach mein Leben erzählen, ohne Bescheidenheit und ohne Hochmut, viel einfacher, als wenn ich zu mir selbst spräche. Hört mich an:

Das letzte Mal sahen wir uns, so erinnere ich mich, in der Gegend von Angers, in der kleinen Dorfkirche, in der meine Hochzeit gefeiert wurde. Das Publikum war nicht sehr zahlreich; nur die guten Freunde machten aus dieser banalen Zeremonie eine bewegende Zeremonie. Mir scheint, man war gerührt, und das rührte mich selbst. Nach dem Kirchgang versammelte uns eine kurze Mahlzeit ohne Lachen und Lärm im Hause jener, die meine Frau wurde. Dann entführte uns beide der bestellte Wagen, gemäß dem Brauch, der in unserem Geist den Gedanken an eine Hochzeit mit der Vision eines abfahrenden Zuges verbindet.

Ich kannte meine Frau nur wenig und dachte, ohne viel darunter zu leiden, dass sie mich nicht besser kenne. Ich hatte sie ohne Liebe geheiratet, hauptsächlich meinem Vater zu Gefallen, der sich im Sterben sorgte, mich allein zu lassen. Ich liebe meinen Vater zärtlich; mitgenommen von seinem Todeskampf, dachte ich in diesen trüben Augenblicken nur daran, ihm sein Ende zu erleichtern; und so verpfändete ich mein Leben, ohne über das Leben Bescheid zu wissen. Unsere Verlobung am Bett des Sterbenden war ohne laute Fröhlichkeit, aber nicht ohne ernste Freude, so groß war der Friede, den mein Vater darin fand. Wenn ich, wie ich sagte, meine Braut auch nicht liebte, so hatte ich wenigstens niemals eine andere Frau geliebt. Das genügte in meinen Augen, um unser Glück zu sichern; da ich mich selbst noch nicht kannte, glaubte ich mich ihr ganz hinzugeben. Auch sie war Waise und lebte mit ihren beiden Brüdern zusammen. Marceline war kaum zwanzig Jahre alt, ich vier Jahre älter.

Ich habe gesagt, dass ich sie nicht liebte; wenigstens empfand ich für sie nicht das, was man Liebe nennt, aber ich liebte sie, wenn man darunter Zärtlichkeit, eine Art Mitleid und schließlich Hochachtung verstehen will. Sie war katholisch, und ich bin Protestant ... doch ich glaubte es so wenig zu sein! Der Pfarrer nahm mich hin, ich nahm den Pfarrer hin: Wir spielten mit offenen Karten.

Mein Vater war das, was man einen »Atheisten« nennt; wenigstens vermute ich es, da ich aus einer Art unüberwindbarer Scheu, die er wohl teilte, niemals mit ihm über seinen Glauben habe reden können. Die ernsten hugenottischen Lehren meiner Mutter waren mit ihrem schönen Bild langsam in meinem Herzen verblasst; ihr wisst, dass ich sie jung verloren habe. Ich ahnte noch nicht, wie sehr uns diese erste Kindheitsmoral beherrscht, noch welche Narben sie im Geist zurücklässt. Jene Art Strenge, an der mich meine Mutter Geschmack finden ließ, indem sie mir ihre Prinzipien einprägte, übertrug ich ganz auf meine Studien. Ich war fünfzehn Jahre alt, als meine Mutter starb; mein Vater nahm sich meiner an, umsorgte mich und unterwies mich mit Leidenschaft. Ich beherrschte schon recht gut Latein und Griechisch; bei ihm lernte ich schnell Hebräisch, Sanskrit und schließlich Persisch und Arabisch. Gegen mein zwanzigstes Jahr war ich so gedrillt, dass er mich an seinen Arbeiten teilnehmen ließ. Es machte ihm Spaß, mich als seinesgleichen anzusehen, und er wollte mir dafür den Beweis liefern. Der *Essay über die phrygischen Kulte,* der unter seinem Namen erschien, war mein Werk; er hatte ihn kaum durchgesehen; nichts hatte ihm je solche Anerkennung eingebracht. Er war entzückt. Ich jedoch war verwirrt, als ich diese Täuschung gelingen sah. Aber von nun an gehörte ich dazu. Die kenntnisreichsten Gelehrten behandelten mich als ihren Kollegen. Heute muss ich lächeln über all die Ehren, die mir zuteilwurden … So erreichte ich mein fünfundzwanzigstes Jahr, hatte fast nichts gesehen außer Ruinen und Büchern und wusste nichts vom Leben. In der Arbeit bewies ich einen ungewöhnlichen Eifer. Ich liebte einige Freunde (ihr gehörtet dazu), aber mehr die Freundschaft als sie selbst; meine Neigung für sie war groß, aber sie war Bedürfnis nach Adel; ich pflegte jedes schöne Gefühl in mir. Im Übrigen wusste ich von meinen Freunden so wenig, wie ich von mir selbst wusste. Keinen Augenblick kam mir der Gedanke, ich könnte ein anderes Dasein führen oder man könnte anders leben.

Meinem Vater und mir genügten einfache Dinge; wir gaben beide so wenig aus, dass ich mein fünfundzwanzigstes Jahr erreichte, ohne zu wissen, dass wir reich waren. Ohne häufig darüber nachzudenken, nahm ich an, wir hätten zum Leben gerade genug; und neben meinem Vater hatte ich so sparsame Gewohnheiten angenommen, dass ich mich fast genierte, als ich begriff, dass wir viel mehr besaßen. Ich war in diesen Dingen derart nachlässig, dass mir nicht einmal nach dem Tod meines Vaters, dessen einziger Erbe ich war, die Größe meines Vermögens klar bewusst wurde, sondern erst beim Abschluss meines Ehevertrags, der mir gleichzeitig entdeckte, dass Marceline fast nichts in die Ehe einbrachte.

Noch eine andere, vielleicht wichtigere Sache war mir unbekannt: dass ich eine sehr schwächliche Gesundheit hatte. Wie konnte ich das ahnen, da ich sie nie der Probe ausgesetzt hatte? Von Zeit zu Zeit hatte ich Erkältungen, die ich nachlässig kurierte. Das allzu ruhige Leben, das ich führte, schwächte und schützte mich zugleich. Marceline dagegen schien kräftig; und dass sie kräftiger war als ich, sollten wir bald entdecken.

Am Abend unserer Hochzeit schliefen wir in meiner Wohnung in Paris, wo man uns zwei Zimmer hergerichtet hatte. Wir blieben nur so lange in Paris, wie es für unerlässliche Einkäufe nötig war, dann reisten wir nach Marseille, wo wir uns alsbald nach Tunis einschifften.

Die dringlichen Besorgungen, der Trubel der letzten, sich überstürzenden Ereignisse, die unerlässlichen Empfindungen der Hochzeit, die so rasch auf die echteren meiner Trauer folgten: all das hatte mich erschöpft. Erst auf dem Schiff fühlte ich meine Müdigkeit. Bis dahin lenkte mich jede Beschäftigung, die sie verstärkte, gleichzeitig von ihr ab. Die erzwungene Muße an Bord gab mir Gelegenheit zu überlegen. Mir schien, es war das erste Mal. Zum ersten Mal auch war ich bereit, mich für lange Zeit von meiner Arbeit zu trennen. Ich hatte mir bisher nur kurze Ferien bewilligt. Eine Reise nach Spanien mit meinem Vater, kurze Zeit nach dem Tod meiner Mutter, hatte allerdings über einen Monat gedauert; eine andere nach Deutschland sechs Wochen; auch alle übrigen waren Studienreisen; mein Vater war von seinen ganz gezielten Forschungen durch nichts abzubringen; und ich las, sobald ich ihn nicht begleitete. Und doch belebten sich manche Erinnerungen an Granada und Sevilla, kaum dass wir Marseille verlassen hatten, an einen klareren Himmel, schärfere Schatten, an Feste, an Gelächter und Gesang. Das wollen wir wiederfinden, dachte ich. Ich stieg auf die Brücke des Schiffes und sah, wie Marseille zurückblieb.

Dann kam mir plötzlich in den Sinn, dass ich Marceline ein wenig vernachlässigte.

Sie saß vorn; ich näherte mich und betrachtete sie zum ersten Mal wirklich.

Marceline war sehr hübsch. Ihr wisst es, ihr habt sie gesehen. Ich machte mir Vorwürfe, dass ich das nicht früher bemerkt hatte. Ich kannte sie zu gut, um sie mit neuen Augen zu sehen; unsere Familien waren schon immer verbunden gewesen; ich hatte sie heranwachsen sehen; ihre Anmut war mir vertraut ... Zum ersten Mal staunte ich, so groß schien mir diese Anmut.

Von einem schlichten schwarzen Strohhut ließ sie einen Schleier flattern. Sie war blond, wirkte jedoch nicht zart. Ihr Rock und die passende Korsage waren aus einem schottischen Tuch gemacht, das wir zusammen ausgesucht hatten. Sie sollte sich von meiner Trauer nicht verdüstern lassen.

Sie fühlte meinen Blick und wandte sich nach mir um ... Bis dahin hatte ich gegen sie nur bemühten Eifer gezeigt; ich ersetzte mehr schlecht als recht die Liebe durch eine Art kalter Galanterie, die sie, wie ich sah, ein wenig belästigte. Fühlte Marceline in diesem Augenblick, dass ich sie zum ersten Mal auf andere Weise betrachtete? Nun blickte sie mich ihrerseits fest an, dann lächelte sie zärtlich. Ich setzte mich neben sie, ohne etwas zu sagen. Ich hatte bis dahin für mich oder zumindest mir gemäß gelebt. Ich hatte mich verheiratet, ohne in meiner Frau etwas anderes als eine Gefährtin zu sehen, ohne recht zu bedenken, dass durch unsere Verbindung mein Leben verändert werden könnte. Jetzt endlich hatte ich begriffen, dass der Monolog hier zu Ende ging.

Wir beide waren allein auf dem Deck. Sie neigte ihre Stirn zu mir, ich presste sie sanft an mich; sie sah zu mir auf, ich küsste sie auf die Lider und fühlte plötzlich, begünstigt durch meinen Kuss, ein neues Mitleid; es überkam mich mit solcher Gewalt, dass ich meine Tränen nicht zurückhalten konnte.

»Was hast du denn?«, fragte mich Marceline.

Wir begannen miteinander zu sprechen. Ihr liebenswürdiges Plaudern entzückte mich. Ich hatte mir, soweit ich es vermochte, eine Vorstellung von der Dummheit der Frauen gemacht. Neben ihr kam ich mir an diesem Abend linkisch und töricht vor.

Also hatte auch jene, an die ich mein Dasein band, ein eigenes, wirkliches Leben! Die Bedeutung dieses Gedankens weckte mich mehrere Male in dieser Nacht; mehrere Male richtete ich mich in meiner Koje auf, um in der anderen, tieferen Koje Marceline, meine Frau, schlafen zu sehen.

Am nächsten Tag war der Himmel strahlend, das Meer fast ruhig. Auch einige ungezwungene Gespräche verminderten unsere Scheu. Jetzt begann die eigentliche Ehe. Am Morgen des letzten Tages im Oktober gingen wir in Tunis an Land.

Es war meine Absicht, dort nur wenige Tage zu verweilen. Ich will euch meine Dummheit gestehen: Nichts als Karthago und etliche römische Ruinen interessierten mich an diesem neuen Land: Timgad, von dem mir Octavian berichtet hat, die Mosaiken von Sousse und vor allem das Amphitheater von El Djem, wohin ich unverzüglich eilen wollte. Zuerst galt es Sousse zu erreichen, dann von Sousse aus den Postwagen zu nehmen; bis dahin sollte nichts meiner Aufmerksamkeit wert sein.

Doch Tunis überraschte mich sehr. In der Berührung mit neuen Eindrücken erwachten jene Teile in mir, jene schlummernden Fähigkeiten, die noch nicht genutzt worden waren und dadurch ihre geheimnisvolle Jugendlichkeit ganz bewahrt hatten. Ich war eher erstaunt, bestürzt, als amüsiert, und was mir besonders gefiel, war die Freude von Marceline.

Indessen wurde meine Erschöpfung mit jedem Tag größer; aber ihr nachzugeben, hätte ich als beschämend empfunden. Ich hustete und fühlte oben in der Brust einen seltsamen Schmerz. Wir gehen nach Süden, dachte ich, die Wärme wird mich kurieren. Der Postwagen nach Sfax verlässt Sousse um acht Uhr abends; er passiert El Djem um ein Uhr morgens. Wir hatten Plätze im Coupé belegt. Ich hatte mich auf ein unbequemes Vehikel gefasst gemacht; dementgegen waren wir jedoch recht bequem untergebracht. Aber die Kälte! ... In welchem kindlichen Vertrauen auf die milde Luft des Südens hatten wir, beide leicht bekleidet, nur einen Schal mitgenommen? Sobald wir Sousse und seine schützenden Hügel hinter uns gelassen hatten, begann der Wind zu blasen. Er jagte in großen Sprüngen über die Ebene, er heulte, pfiff, drang durch jeden Spalt des Wagenschlags; nirgends war man vor ihm sicher. Wir kamen ganz kältestarr an; ich war überdies mitgenommen vom Rütteln der Kutsche und von einem fürchterlichen Husten, der mich noch stärker schüttelte. Was für eine Nacht! – In El Djem angekommen, gab es keinen Gasthof; ein grässliches Bordj diente als Ersatz. Was tun? Der Postwagen fuhr weiter. Das Dorf schlief; in der Dunkelheit, die unermesslich schien, konnte man die ungestalte Masse der Ruinen erkennen; Hunde heulten. Wir gingen zurück in einen erdverdreckten Raum, wo zwei klägliche Betten aufgestellt waren. Marceline zitterte vor Kälte, aber hier waren wir wenigstens vor dem Wind geschützt.

Der folgende Tag war trüb. Als wir hinaustraten, wurden wir von einem einheitlich grauen Himmel überrascht. Der Wind blies noch immer, aber nicht mehr so mächtig wie am Tag zuvor. Der Postwagen würde erst am Abend wiederkommen ... Ich sage euch, das war ein heilloser Tag. Das Amphitheater war in wenigen Augenblicken durchmessen und enttäuschte mich; es schien mir sogar hässlich unter diesem trüben Himmel. Vielleicht unterstützte, vielleicht steigerte meine Erschöpfung meinen Verdruss. Um die Mitte des Tages ging ich aus Langeweile noch einmal hin und suchte vergeblich nach Inschriften auf den Steinen. Marceline las im Windschutz ein englisches Buch, das sie zum Glück mitgenommen hatte. Ich kam zurück und setzte mich zu ihr.

»Was für ein trostloser Tag! Langweilst du dich nicht zu sehr?«, fragte ich sie.

»Nein, du siehst, ich lese.«

»Warum nur sind wir hierhergekommen? Dich friert hoffentlich nicht?«

»Nicht zu sehr. Und du? Wirklich, du bist ganz blass.«

»Nein ...«

Als es Nacht wurde, begann der Wind mit neuer Kraft ... Endlich kam der Postwagen. Wir fuhren ab.

Schon von den ersten Stößen fühlte ich mich zerschlagen. Marceline schlief bald übermüdet an meiner Schulter ein. Aber mein Husten wird sie aufwecken, dachte ich, und behutsam, ganz behutsam machte ich mich los und lehnte sie gegen die Wand des Wagens. Inzwischen hustete ich nicht mehr, nein: ich spuckte; das war neu; es fiel mir ganz leicht, es kam in kleinen Stößen, in regelmäßigen Abständen; das war eine so seltsame Empfindung, dass ich mich anfangs fast darüber belustigte; aber bald ekelte mir vor dem unbekannten Geschmack, der dabei in meinem Mund zurückblieb. Mein Taschentuch war schnell nicht mehr zu gebrauchen. Schon hatte ich die Finger voll. Sollte ich Marceline wecken? … Zum Glück erinnerte ich mich an den großen Schal, den sie sich immer durch den Gürtel zog. Ich brachte ihn leise an mich. Der Auswurf, den ich nicht länger zurückhielt, kam reichlicher. Ich fühlte mich dabei außerordentlich erleichtert. Das ist das Ende der Erkältung, dachte ich. Plötzlich fühlte ich mich sehr schwach; alles fing an sich zu drehen, und ich glaubte, mir würde übel. Sollte ich sie wecken? … Ah! Pfui! … (Ich glaube, aus meiner puritanischen Kindheit war mir ein Hass auf jedes Nachgeben aus Schwäche geblieben; ich nenne das gleich Feigheit.) Ich riss mich zusammen, klammerte mich fest und überwand schließlich meinen Schwindel … Ich glaubte mich wieder auf dem Meer, und das Geräusch der Räder wurde zum Geräusch der Wogen … Aber ich spuckte nicht mehr.

Dann fiel ich in Schlummer.

Als ich erwachte, war der Himmel schon erfüllt von der Dämmerung; Marceline schlief noch. Wir würden bald ankommen. Der Schal, den ich in der Hand hielt, war von dunkler Farbe, sodass man zuerst nichts daran erkennen konnte; aber als ich mein Taschentuch herausnahm, sah ich mit Bestürzung, dass es voll Blut war.

Mein erster Gedanke war, dieses Blut vor Marceline zu verbergen. Aber wie? – Ich war ganz befleckt damit; jetzt sah ich es überall; vor allem an den Fingern … – Ich habe aus der Nase geblutet … Das ist es; wenn sie fragt, werde ich ihr sagen, ich hätte aus der Nase geblutet.

Marceline schlief noch immer. Wir kamen an. Sie musste zuerst aussteigen und sah nichts. Man hatte uns zwei Zimmer reserviert. Es gelang mir, in das meinige zu stürzen, mich zu waschen, das Blut zu beseitigen. Marceline hatte nichts gesehen.

Ich fühlte mich jedoch sehr schwach und ließ für uns beide Tee heraufbringen. Und während sie ihn vorbereitete, sehr ruhig, lächelnd, auch sie ein wenig blass, überkam mich eine Art Gereiztheit, weil ihr alles entgangen war. Ich hielt mich für ungerecht; es ist wahr, sagte ich mir, sie hat nichts gesehen, weil ich mich gut verbarg; trotzdem, nichts half; das wuchs in mir wie ein Instinkt, überwältigte mich … schließlich war es zu stark; ich konnte nicht mehr an mich halten: Ganz beiläufig sagte ich zu ihr:

»Ich habe heute Nacht Blut gespuckt.«

Sie schrie nicht; sie wurde einfach sehr viel blasser, schwankte, wollte sich festhalten und fiel schwer zu Boden.

Ich stürzte fast wütend zu ihr hin: »Marceline! Marceline!« – Sehr gut! Was hatte ich angestellt! Genügte es nicht, dass *ich* krank war? – Doch ich war, wie ich schon sagte, sehr schwach; wenig fehlte, und ich wäre selbst ohnmächtig geworden. Ich öffnete die Tür, ich rief, man eilte herbei.

Mir fiel ein, dass sich in meinem Koffer ein Empfehlungsbrief an einen Offizier der Stadt befand; ich bediente mich dieses Schreibens, um den Stabsarzt rufen zu lassen.

Marceline hatte sich inzwischen erholt; sie saß jetzt am Kopfende meines Bettes, in dem ich vor Fieber zitterte. Der Stabsarzt kam und untersuchte uns beide: Marceline fehle nichts, und ihr Sturz habe keine Folgen, versicherte er; ich dagegen sei ernsthaft erkrankt; er wollte sich darüber nicht einmal äußern und versprach, vor dem Abend wiederzukommen.

Er kam wieder, lächelte mir zu, sprach mit mir und gab mir verschiedene Medikamente. Ich begriff, dass er mich aufgab. – Soll ich es euch gestehen? Es riss mich nicht hoch. Ich war müde. Ich fand mich einfach damit ab. – »Was hatte mir das Leben letztlich zu bieten? Ich hatte bis zum Schluss gearbeitet, entschlossen und leidenschaftlich meine Pflicht erfüllt. Der Rest … ach, was liegt mir daran?«, dachte ich und fand meinen Stoizismus wunderschön. Aber das, worunter ich wirklich litt, war die Hässlichkeit meiner Umgebung. »Dieses

Hotelzimmer ist grässlich« – und ich sah es mir an. Plötzlich kam mir in den Sinn, dass daneben, in einem gleichen Zimmer, Marceline war, meine Frau; ich hörte sie sprechen. Der Doktor war nicht gegangen, er unterhielt sich mit ihr; er bemühte sich, leise zu sprechen. Eine Zeit verging; ich muss eingeschlafen sein …

Als ich erwachte, war Marceline da. Ich begriff, dass sie geweint hatte. So sehr liebte ich das Leben nicht, dass ich Mitleid mit mir gehabt hätte; aber die Hässlichkeit dieses Zimmers bedrückte mich; fast wollüstig ruhten meine Augen auf ihr.

Jetzt schrieb sie neben mir. Sie schien mir hübsch. Ich sah sie mehrere Briefe verschließen. Dann stand sie auf, trat an mein Bett und nahm zärtlich meine Hand:

»Wie fühlst du dich jetzt?«, fragte sie mich. Ich lächelte und sagte traurig zu ihr: »Werde ich wieder gesund werden?« Doch sogleich antwortete sie: »Du wirst gesund werden!« – mit so leidenschaftlicher Überzeugung, dass ich, fast selbst überzeugt, sehr wirr und vage all das empfand, was das Leben sein könnte, ihre Liebe, die unklare Vision so ergreifender Schönheiten, dass mir die Tränen aus den Augen drangen und dass ich lange weinte, ohne mich daran hindern zu können noch zu wollen.

Mit welcher gewaltsamen Liebe brachte sie mich dazu, Sousse zu verlassen; umgeben von welcher liebenswürdigen Pflege, geschützt, gestützt, bewacht … von Sousse nach Tunis, dann von Tunis nach Constantine, Marceline war bewundernswürdig. In Biskra sollte ich genesen. Ihre Zuversicht war unerschütterlich; ihr Eifer ließ keinen Augenblick nach. Sie besorgte alles, bestimmte die Abfahrten und versicherte sich der Unterkünfte. Sie konnte diese Reise, leider! nicht weniger furchtbar machen. Ich glaubte mehrmals, ich müsse anhalten und aufgeben. Ich schwitzte wie ein Sterbender, ich erstickte, verlor zeitweilig das Bewusstsein. – Am Ende des dritten Tages kam ich wie tot in Biskra an.

II

Wozu von den ersten Tagen sprechen? Was blieb davon? Die abscheuliche Erinnerung an sie hat keine Stimme. Ich wusste weder wer noch wo ich war. Ich sehe nur noch, wie sich Marceline, meine Frau, mein Leben, über mein Schmerzenslager beugt. Ich weiß, dass ihre leidenschaftliche Pflege, ihre Liebe allein mich gerettet haben. Eines Tages endlich fühlte ich, wie ein abgetriebener Seemann, der Land erblickt, dass ein Lebenslicht zu glimmen begann; ich konnte Marceline zulächeln. – Warum erzähle ich das alles? Entscheidend ist, dass mich die Schwingen des Todes, wie man sagt, gestreift haben. Entscheidend ist, dass ich sehr erstaunt war, noch zu leben, dass der Tag mir ein unverhofftes Licht schenkte. Vorher, dachte ich, hatte ich nicht begriffen, dass ich lebte. Ich sollte die bebende Entdeckung des Lebens machen.

Der Tag kam, an dem ich aufstehen konnte. Ich war völlig hingerissen von unserem *home*. Es bestand fast nur aus einer Terrasse. Was für eine Terrasse! Mein Zimmer und das von Marceline führten hinaus; sie zog sich über die Dächer hin. Man sah von der höchsten Stelle aus, über die Häuser hinweg, Palmen, über den Palmen die Wüste. Die andere Seite der Terrasse grenzte an den Stadtpark; die Zweige der letzten Mimosen beschatteten sie. Schließlich verlief sie den Hof entlang, einen kleinen, regelmäßigen Hof, mit sechs regelmäßigen Palmen bestanden, und endete an der Treppe, die sie mit dem Hof verband. Mein Zimmer war geräumig, luftig; weiß gekalkte Wände, an den Wänden nichts; eine kleine Tür führte in das Zimmer von Marceline; eine große Glastür öffnete sich auf die Terrasse.

Hier vergingen die Tage ohne Stunden. Wie oft habe ich in meiner Einsamkeit diese langsamen Tage vor mir gesehen! ... Marceline ist um mich. Sie liest; sie näht; sie schreibt. Ich tue nichts. Ich sehe sie an. O Marceline! ... Ich schaue. Ich sehe die Sonne; ich sehe den Schatten; ich sehe zu, wie sich die Schattengrenze verschiebt; ich habe so wenig nachzudenken, dass ich sie beobachte. Ich bin noch sehr schwach; ich atme mühsam; alles erschöpft mich, sogar das Lesen; was sollte ich auch lesen? Zu sein beschäftigt mich genug.

Eines Morgens tritt Marceline lachend herein:

»Ich bringe dir einen Freund«, sagt sie; und ich sehe hinter ihr einen kleinen, braunhäutigen Araber eintreten. Er heißt Bachir, hat große, stille Augen, die mich anschauen. Ich bin fast ein wenig verlegen, und schon diese Verlegenheit ermüdet mich; ich sage nichts, wirke verärgert. Das Kind verliert bei meinem kühlen Empfang die Fassung, dreht sich zu Marceline um, schmiegt sich an sie mit tierhafter, schmeichelnder Anmut, sucht ihre Hand, umarmt sie mit einer Bewegung, die seine nackten Arme enthüllt. Ich bemerke, dass es unter seiner winzigen weißen Gandurah und seinem zusammengeflickten Burnus ganz nackt ist.

»Komm, setz dich dort hin«, sagt Marceline, die meine Verlegenheit erkennt. »Spiel ganz leise.«

Der Kleine setzt sich auf den Boden, zieht ein Messer aus der Kapuze seines Burnus, ein Stück Djerid, und beginnt es zu bearbeiten. Ich glaube, er wollte eine Pfeife schnitzen.

Nach einiger Zeit stört mich seine Gegenwart nicht mehr. Ich sehe ihn mir an; er scheint ganz vergessen zu haben, wo er ist. Seine Füße sind nackt, seine Knöchel und seine Handgelenke sind zierlich. Er handhabt sein elendes Messer mit amüsanter Geschicklichkeit. Soll ich mich wirklich dafür interessieren? Seine Haare sind nach arabischer Art geschoren; er trägt eine armselige Kopfbedeckung, die anstelle der Troddel ein Loch hat. Die Gandurah ist ein wenig verrutscht und entblößt eine reizende Schulter. Ich möchte sie berühren. Ich neige mich vor; er dreht sich um und lächelt mir zu. Ich mache ihm ein Zeichen, er solle mir seine Pfeife reichen, nehme sie und tue so, als bewunderte ich sie sehr. – Jetzt will er gehen. Marceline gibt ihm ein Stück Kuchen, ich zwei Sous.

Am Tag darauf langweile ich mich zum ersten Mal; ich warte; worauf warte ich? Ich fühle mich müßig, unruhig. Endlich halte ich es nicht mehr aus:

»Kommt Bachir denn heute Morgen nicht?«

»Wenn du willst, hole ich ihn.«

Sie verlässt mich, geht hinunter; kommt einen Augenblick später allein zurück. Was hat die Krankheit aus mir gemacht? Ich könnte weinen, so traurig bin ich, als ich sie ohne Bachir zurückkehren sehe.

»Es war zu spät«, sagt sie, »die Kinder haben die Schule schon verlassen und sich überallhin zerstreut. Es sind ganz bezaubernde darunter, weißt du. Ich glaube, jetzt kennen mich alle.«

»Sieh zu, dass er wenigstens morgen herkommt.«

Am folgenden Tag kam Bachir wieder. Er setzte sich nieder wie zwei Tage zuvor, zog sein Messer heraus, wollte ein zu hartes Holz schnitzen und stellte sich so an, dass er sich die Klinge in den Daumen stieß. Mich überlief ein Schreckensschauder; er lachte darüber, zeigte seinen leuchtenden Schnitt und sah vergnügt sein Blut strömen. Beim Lachen entblößte er strahlend weiße Zähne; er leckte seine Wunde genüsslich; seine Zunge war rosig wie die einer Katze. Ah, wie wohl ihm war! Das war es, was mich für ihn einnahm: seine Gesundheit. Die Gesundheit dieses kleinen Körpers war schön.

Am nächsten Tag brachte er Murmeln mit. Ich sollte mit ihm spielen. Marceline war nicht da; sie hätte mich abgehalten. Ich zögerte, blickte Bachir an; der Kleine nahm mich am Arm, drückte mir die Murmeln in die Hand, zwang mich. Ich kam beim Bücken ganz außer Atem, aber ich versuchte trotzdem zu spielen. Schließlich konnte ich nicht mehr. Ich war schweißnass. Ich warf die Murmeln hin und ließ mich in einen Sessel fallen. Bachir sah mich ein wenig besorgt an.

»Krank?«, fragte er freundlich. Der Klang seiner Stimme war köstlich. Marceline kam zurück.

»Bring ihn weg«, sagte ich zu ihr, »ich bin müde heute Morgen.« Ein paar Stunden später, als ich mühsam auf der Terrasse hin und her ging, hatte ich einen Blutsturz. Marceline war in ihrem Zimmer beschäftigt; zum Glück bemerkte sie nichts. Ich hatte, aus Atemnot, tiefer eingeatmet, und plötzlich kam es. Es füllte mir den ganzen Mund ... aber das war nicht mehr reines Blut wie beim ersten Mal; das war ein dicker Klumpen, den ich angeekelt auf den Boden spuckte.

Ich machte ein paar Schritte, strauchelte. Ich war entsetzlich erregt. Ich zitterte. Ich hatte Angst; ich war wütend. – Denn bis dahin hatte ich geglaubt, die Heilung werde sich Schritt für Schritt vollziehen, ich müsste nur darauf warten. Dieser brutale Unfall hatte mich wieder zurückgeworfen. Seltsam, der erste Blutsturz hatte mich nicht so beeindruckt; ich erinnerte mich nun, dass er mich fast unberührt gelassen hatte. Woher kam dann jetzt meine Angst, mein Entsetzen? Ach, ich begann das Leben zu lieben! Daher kam es.

Ich kehrte um, bückte mich, fand meinen Auswurf, nahm einen Strohhalm, hob damit den Blutklumpen auf und legte ihn auf mein Taschentuch. Ich sah ihn mir an. Es war ein scheußliches schwärzliches Blut, etwas Klebriges, Entsetzliches. Ich dachte an Bachirs schönes rötliches Blut. Und plötzlich überwältigte mich ein Verlangen, eine Gier, etwas Heftigeres, Gebieterischeres als alles, was ich je empfunden hatte: leben! Ich will leben. Ich will leben. Ich presste die Zähne zusammen, die Fäuste, konzentrierte mich ganz und gar, verloren, verzweifelt auf dieses Ringen um das Dasein.

Ich hatte am Vortag einen Brief von T. erhalten; als Antwort auf die angstvollen Fragen von Marceline war er voll medizinischer Ratschläge; T. hatte seinem Brief sogar ein paar populärmedizinische Broschüren und ein spezialisierteres Buch beigefügt, das mir deshalb vertrauenswürdiger schien. Ich hatte den Brief flüchtig gelesen, die Drucksachen gar nicht; einmal, weil mich die Ähnlichkeit dieser Broschüren mit den moralischen Traktätchen, die mir meine Kindheit verleidet hatten, nicht für sie einnahm; zum anderen, weil mir jeder Ratschlag lästig war; und endlich, weil ich glaubte, dass sich diese »Ratschläge für Schwindsüchtige«, diese »Praktische Behandlung der Schwindsucht« auf meinen Fall nicht anwenden ließen. Ich hielt mich nicht für schwindsüchtig. Bereitwillig schrieb ich meinen ersten Blutsturz einer anderen Ursache zu, das heißt, ich schrieb ihn, um ehrlich zu sein, gar nichts zu, ich vermied es, daran zu denken, ich dachte überhaupt nicht daran und glaubte mich, wenn noch nicht geheilt, so doch auf dem Wege dazu … Ich las den Brief; ich verschlang das Buch, die Traktate. Plötzlich wurde mir mit bestürzender Deutlichkeit bewusst, dass ich mich nicht angemessen gepflegt hatte. Bis dahin hatte ich mich dahinleben lassen, hatte auf die unsicherste Hoffnung vertraut; plötzlich schien mir mein Leben angegriffen, gefährlich in seinem Kern bedroht. Ein zahlreicher, tätiger Feind lebte in mir. Ich belauschte ihn, ich bespitzelte ihn; ich fühlte ihn. Ich würde ihn nicht kampflos besiegen … und wie um mich selbst davon zu überzeugen, fügte ich mit leiser Stimme hinzu: Das ist eine Sache des Willens.

Ich versetzte mich in Kriegszustand.

Der Abend brach herein; ich bereitete meine Strategie vor. Für eine gewisse Zeit sollte mir allein meine Heilung zum Studium werden; meine Gesundheit war meine Pflicht; es galt alles zu bejahen, *gut* zu nennen, was mir heilsam war; zu vergessen, abzuweisen, was mich nicht heilte. – Noch vor dem Abendessen hatte ich für die Atmung, die Übungen, die Ernährung meine Entschlüsse gefasst.

Wir nahmen unsere Mahlzeiten in einer Art kleinem Kiosk ein, den die Terrasse auf allen Seiten umgab. Wir waren allein, ruhig, fern von allem, und die Traulichkeit unserer Mahlzeiten war bezaubernd. Von einem benachbarten Hotel brachte uns ein alter Neger ein genießbares Essen. Marceline überwachte die Menüs, bestellte einen Gang, ließ einen anderen zurückgehen ... Da ich meist keinen großen Hunger hatte, ließen sich verpfuschte Gerichte und unzureichende Menüs leicht ertragen. Marceline, die selbst nicht gewöhnt war, viel zu essen, wusste nicht, machte sich nicht klar, dass ich nicht genügend aß. Viel zu essen, war der erste meiner Vorsätze. Ich hatte die Absicht, ihn schon diesen Abend in die Tat umzusetzen. – Es gelang mir nicht. Wir bekamen irgendeinen ungenießbaren Eintopf, dann einen lächerlich weichgekochten Braten.

Mein Verdruss war so lebhaft, dass ich ihn auf Marceline übertrug und mich vor ihr in maßlosen Worten ausließ. Ich beschuldigte sie; wenn man mich hörte, schien es, als hätte sie sich verantwortlich fühlen müssen für die schlechte Qualität der Speisen. Dieser kleine Aufschub der Kur, die ich mir verordnet hatte, wurde von allergrößter Wichtigkeit; ich vergaß die vorangegangenen Tage; diese ausgefallene Mahlzeit verdarb alles. Ich hatte es mir in den Kopf gesetzt. Marceline musste in die Stadt hinuntersteigen und eine Konserve oder irgendeine Pastete holen.

Sie kam bald mit einem kleinen Schüsselgericht zurück, das ich fast ganz verschlang, als wollte ich uns beiden beweisen, wie dringend ich mehr zu essen brauchte.

Noch am selben Abend beschlossen wir folgendes: Die Mahlzeiten sollten viel besser und zahlreicher werden, alle drei Stunden eine; die erste um halb sieben. Ein reichlicher Vorrat von Konserven aller Art sollte die mittelmäßigen Gerichte des Hotels ergänzen … Ich konnte in dieser Nacht nicht schlafen, so berauschte mich die Aussicht auf meine neuen Leistungen. Ich glaube, ich hatte ein wenig Fieber; eine Flasche Mineralwasser stand da; ich trank davon ein Glas, zwei Gläser; beim dritten Mal nahm ich die Flasche und trank sie in einem Zug aus. Ich wiederholte mir meine Vorsätze, wie man sich eine Aufgabe wiederholt; ich lehrte mich Feindseligkeit, richtete sie gegen alles; ich musste gegen alles kämpfen: Mein Heil hing allein von mir ab.

Endlich sah ich die Nacht verblassen; der Tag kam.

Das war die Nacht vor dem Sturm.

Der folgende Tag war ein Sonntag. Soll ich gestehen, dass ich mich bisher um den Glauben von Marceline nicht viel bekümmert hatte? Aus Gleichgültigkeit oder Scheu war ich der Meinung, dass mich das nichts angehe; außerdem maß ich ihm keine Bedeutung bei. An diesem Tag ging Marceline zur Messe. Ich erfuhr bei ihrer Rückkehr, dass sie für mich gebetet hatte. Ich sah sie starr an, dann sagte ich, so sanft ich es vermochte:

»Du musst nicht für mich beten, Marceline.«

»Warum nicht?«, sagte sie, ein wenig verstört.

»Ich mag keinen Beistand.«

»Du lehnst Gottes Hilfe ab?«

»Später hätte er einen Anspruch auf meine Dankbarkeit. Das schafft Verpflichtungen; die will ich nicht.«

Wir taten, als scherzten wir, aber wir täuschten uns keineswegs über die Bedeutung unserer Worte.

»Du wirst nicht von allein gesund werden, armer Freund«, seufzte sie.

»Nun, umso schlimmer …« Dann, als ich ihre Trauer sah, fügte ich weniger barsch hinzu: »Du wirst mir dabei helfen.«

III

Ich werde ausführlich über meinen Körper sprechen. Ich werde so viel darüber sprechen, dass es euch zunächst scheinen mag, als vergäße ich die Rolle des Geistes. Seine Vernachlässigung in diesem Bericht ist gewollt; dort war sie Wirklichkeit. Ich besaß nicht genügend Kraft, um ein Doppelleben auszuhalten; auf den Geist und alles Übrige, dachte ich, werde ich mich später besinnen, wenn es mir besser geht.

Es ging mir bei Weitem noch nicht gut. Für ein Nichts geriet ich in Schweiß, und für ein Nichts erkältete ich mich; ich hatte, wie Rousseau sagte, »einen kurzen Atem«; gelegentlich ein wenig Fieber; oft schon am Morgen das Gefühl entsetzlicher Mattigkeit, und so blieb ich kraftlos im Sessel liegen, gleichgültig gegen alles, egoistisch, und war einzig mit dem Versuch beschäftigt, gut durchzuatmen. Ich atmete mühsam, methodisch, sorgfältig; das Ausatmen geschah in zwei Stößen, die meine angespannte Willenskraft nicht ganz unterdrücken konnte; noch lange Zeit später vermied ich sie nur durch ständige Aufmerksamkeit.

Doch am meisten hatte ich unter meiner krankhaften Anfälligkeit gegen jeden Temperaturwechsel zu leiden. Wenn ich heute darüber nachdenke, glaube ich, dass ein allgemeines Nervenleiden zu meiner Krankheit hinzukam. Auf andere Weise kann ich eine Reihe von Phänomenen nicht erklären, die sich nach meiner Meinung nicht einfach auf die Tuberkulose zurückführen ließen. Mir war stets entweder zu heiß oder zu kalt; sofort deckte ich mich in lächerlicher Übertreibung zu; hörte nur auf zu frösteln, um zu schwitzen; deckte mich ein wenig auf und fröstelte, sobald ich nicht mehr schwitzte. Gewisse Teile meines Körpers wurden zu Eis, fühlten sich trotz des Schweißes so kalt an wie Marmor; nichts konnte sie wieder erwärmen. Ich war in solchem Maße empfindlich gegen Kälte, dass ich mir von ein wenig Wasser, das mir beim Waschen auf den Fuß tropfte, einen Schnupfen holte; und ebenso empfindlich gegen Hitze ... Diese Empfindlichkeit blieb mir, ich habe sie noch, aber heute genieße ich sie wollüstig. Jede ausgeprägte Sensibilität kann, je nach dem robusten oder schwächlichen Zustand des Organismus, zur Ursache von Wonnen oder Qualen werden. Alles, was mich unlängst quälte, wurde mir zur Lust.

Ich weiß nicht, wie ich es angestellt hatte, bisher bei geschlossenen Fenstern zu schlafen. Auf den Rat von T. hin versuchte ich sie nachts zu öffnen; zunächst nur ein wenig; jedoch bald stieß ich sie weit auf; bald war es mir zur Gewohnheit, zu einem solchen Bedürfnis geworden, dass ich erstickte, sobald das Fenster geschlossen blieb. Mit welcher Lust fühlte ich später den Nachtwind, das Mondlicht zu mir hereindringen ...

Ich möchte nun dieses erste Stammeln der Gesundheit zu Ende bringen. Dank der ständigen Pflege, der reinen Luft, der besseren Ernährung ging es mir bald besser. Da ich die Atemnot auf der Treppe fürchtete, hatte ich es bisher noch nicht gewagt, die Terrasse zu verlassen; in den letzten Januartagen stieg ich endlich hinab, wagte mich in den Park.

Marceline begleitete mich mit einem Schal. Es war drei Uhr nachmittags. Der Wind, der in diesem Land oft heftig blies und von dem ich seit drei Tagen gequält wurde, hatte sich gelegt. Die Milde der Luft war köstlich.

Der öffentliche Park ... Eine sehr breite Allee teilt ihn, die von zwei Reihen jener sehr hohen Mimosenart beschattet ist, die man Kassien nennt. Bänke stehen im Schatten dieser Bäume. Ein kanalisierter Bach, der nach meiner Meinung mehr tief als breit ist, führt ziemlich gerade die Allee entlang; andere kleinere Kanäle verteilen das Wasser des Baches, leiten es quer durch den Park zu den Pflanzen; das trübe Wasser ist erdfarben, lehmfarben, rosa und grau. Fast keine Fremden, nur ein paar Araber; sie wandern umher, und sobald sie aus der Sonne treten, nimmt ihr weißer Mantel die Farbe des Schattens an.

Mich packte ein sonderbarer Schauder, als ich in diesen seltsamen Schatten trat; ich wickelte mich in meinen Schal; doch keineswegs ein Unwohlsein; im Gegenteil ... Wir setzten uns auf eine Bank. Marceline schwieg. Araber gingen vorbei; dann folgte eine Schar Kinder. Marceline kannte ein paar von ihnen und winkte; sie liefen herbei. Sie nannte mir die Namen; es gab Fragen, Antworten, Lächeln, Schmollen, kleine Spiele. All das griff mich ein wenig an, und von Neuem überkam mich ein Schwächeanfall; ich fühlte mich matt und schwitzte. Aber was mich störte – soll ich es gestehen? –, waren nicht die Kinder, sondern Marceline. Ja, wenn auch nur wenig, so störte mich doch ihre Gegenwart. Wäre ich aufgestanden, sie wäre mir gefolgt; hätte ich meinen Schal abgenommen, hätte sie ihn tragen wollen; hätte ich ihn wieder umgelegt, so hätte sie gesagt: »Dir ist doch nicht kalt?« Außerdem wagte ich vor ihr nicht, mit den Kindern zu sprechen. Ich sah, dass sie ihre Schützlinge hatte; wider Willen, aber aus Parteilichkeit, interessierte ich mich für andere. »Gehen wir«, sagte ich zu ihr; und ich beschloss für mich, allein in den Park zurückzukehren.

Am Tag darauf musste sie gegen zehn Uhr ausgehen; ich nutzte die Gelegenheit. Der kleine Bachir, der selten morgens zu kommen versäumte, nahm meinen Schal; ich fühlte mich munter, leichten Herzens. Wir waren fast allein in der Allee; ich ging langsam, setzte mich einen Augenblick nieder, ging weiter. Bachir folgte plaudernd; treu und behände wie ein Hund. Ich gelangte zu der Stelle des Kanals, wohin die Wäscherinnen zum Waschen kommen. Mitten in die Strömung war ein flacher Stein gelegt worden; ein kleines Mädchen lag darauf und hielt das Gesicht über das Wasser geneigt; die Hand in der Strömung, fischte sie Reiser heraus, warf sie hinein. Ihre nackten Füße tauchten ins Wasser; von diesem Bad behielten sie eine nasse Spur, und dort schien ihre Haut dunkler. Bachir ging zu ihr hin und sprach mit ihr; sie drehte sich um, lächelte mich an und antwortete Bachir auf Arabisch. »Das ist meine Schwester«, sagte er; dann erklärte er mir, seine Mutter komme zum Wäschewaschen, und seine kleine Schwester warte auf sie. Sie heiße Rhadra, was auf Arabisch »die Grüne« bedeute. Er erzählte das alles mit einer Stimme, so köstlich, klar, kindlich – wie die Rührung, die mich dabei überkam.

»Sie möchte von dir zwei Sous haben«, fügte er hinzu.

Ich gab ihr zehn und wollte eben aufbrechen, als die Mutter, die Wäscherin, erschien. Es war eine wundervolle Frau, mächtig, mit breiter, blau tätowierter Stirn, die einen Wäschekorb auf dem Kopf trug, gleich den antiken Kanephoren und wie sie nur mit einem großen, dunkelblauen Stück Stoff verschleiert, der am Gürtel ansetzt und in einem Schwung bis zu den Füßen fällt. Sobald sie Bachir erblickte, fuhr sie ihn grob an. Er antwortete wütend; die Kleine mischte sich ein; zwischen den dreien entspann sich eine heftige Auseinandersetzung. Schließlich gab mir Bachir, offenbar besiegt, zu verstehen, dass ihn seine Mutter an diesem Morgen brauche; er reichte mir betrübt meinen Schal, und ich musste mich allein auf den Rückweg machen.

Ich war noch keine zwanzig Schritte gegangen, als mir mein Schal unerträglich schwer schien; ganz in Schweiß setzte ich mich auf die erste Bank, die ich fand. Ich hoffte, ein Kind werde vorbeikommen und mich von dieser Bürde befreien. Schon bald kam eines: Es war ein großer Junge von vierzehn Jahren, schwarz wie ein Sudanese und gar nicht schüchtern, der sich selbst anbot. Er hieß Ashour. Ich hätte ihn schön gefunden, wenn er nicht einäugig gewesen wäre. Er schwatzte gern, belehrte mich, woher der Bach komme und dass er hinter dem Park in die Oase ströme und sie ganz durchquere. Ich hörte ihm zu und vergaß darüber meine Erschöpfung. So köstlich mir Bachir auch schien, war er mir doch schon zu bekannt, und ich war über den Wechsel erfreut. Ich nahm mir sogar vor, an einem anderen Tag ganz allein in den Park hinunterzugehen und auf einer Bank den Zufall einer glücklichen Begegnung abzuwarten ...

Nachdem ich noch mehrere Male anhalten musste, langten wir, Ashour und ich, vor meiner Türe an. Ich hätte ihn gerne aufgefordert, mit heraufzukommen, aber da ich nicht wusste, was Marceline davon gehalten hätte, wagte ich es nicht.

Ich fand sie im Esszimmer mit einem sehr kleinen Kind beschäftigt, das so jämmerlich und krank aussah, dass ich zuerst mehr Abscheu als Mitleid mit ihm fühlte. Ein wenig zaghaft sagte Marceline:

»Der arme Kleine ist krank.«

»Doch wenigstens nicht ansteckend. Was fehlt ihm denn?«

»Ich weiß es noch nicht genau. Er klagt über alles ein wenig. Er spricht ziemlich schlecht Französisch; wenn Bachir morgen kommt, muss er ihm als Dolmetscher dienen ... Ich gebe ihm ein wenig Tee zu trinken ...«

Wie um sich zu entschuldigen und weil ich noch immer wortlos dastand, fügte sie hinzu:

»Ich kenne ihn schon lange; ich habe mich bisher nicht getraut, ihn mitzubringen; ich fürchtete, dich zu ermüden oder dass es dir vielleicht nicht recht wäre.«

»Warum denn?«, rief ich, »du kannst so viele Kinder, wie du willst, hierherbringen, wenn es dir Spaß macht!« Und ich dachte, dass ich Ashour ganz gut hätte heraufnehmen können, und ärgerte mich ein wenig, weil ich es versäumt hatte.

Währenddessen sah ich meiner Frau zu; sie war mütterlich und liebevoll. Ihre Zärtlichkeit war so rührend, dass der Kleine bald ganz gestärkt wegging. – Ich erzählte von meinem Spaziergang und gab Marceline behutsam zu verstehen, weshalb ich lieber allein ausging.

Meine Nächte wurden gewöhnlich noch unterbrochen von schreckhaftem Auffahren, das mich kältestarr oder schweißnass weckte. Diese Nacht verlief sehr ruhig und fast ohne Unterbrechungen. Am nächsten Morgen war ich schon um neun Uhr zum Ausgehen bereit. Es war schön; ich fühlte mich gut erholt, nicht schwach, fröhlich, oder eher heiter. Die Luft war ruhig und lau; trotzdem nahm ich meinen Schal mit, als Vorwand, mit dem Bekanntschaft zu schließen, der ihn mir trüge. Ich erzählte schon, dass der Park an unsere Terrasse grenzte; ich war also gleich dort. Ich trat voll Entzücken in seinen Schatten. Die Luft war lichtdurchflutet. Die Kassien, deren Blüten sehr früh vor den Blättern aufbrechen, verströmten ihren Duft; wenn nicht der leichte, mir unbekannte Geruch, den ich mit mehreren Sinnen gleichzeitig aufzunehmen schien und der mich erregte, von überallher kam. Übrigens atmete ich freier; mein Gang wurde dabei leichter; trotzdem setzte ich mich auf die erste Bank, aber mehr berauscht, mehr betäubt als ermattet. Ich schaute umher. Der Schatten war beweglich und leicht, er fiel nicht auf den Boden, er schien ihn kaum zu berühren. O Licht! – Ich lauschte. Was hörte ich? Nichts; alles; ich ergötzte mich an jedem Geräusch. – Ich erinnere mich an einen Strauch, dessen Rinde mir von fern von so bizarrer Form schien, dass ich aufstehen musste und hingehen, um sie zu betasten. Ich berührte sie, wie man streichelt; ich empfand dabei Entzücken. Ich erinnere mich … Sollte ich endlich an diesem Morgen geboren werden?

Ich hatte vergessen, dass ich allein war, wartete auf nichts, vergaß die Zeit. Mir schien, als hätte ich bis zu diesem Tag so wenig gefühlt und so viel gedacht, dass ich mich letztlich darüber wunderte: Meine Empfindung wurde so stark wie ein Gedanke.

Ich sage: Mir schien; denn tief aus der Vergangenheit meiner ersten Kindheit erwachten endlich Tausend Lichter Tausend verwirrter Empfindungen. Das Bewusstsein meiner Sinne, das ich neu gewann, ermöglichte mir diese unruhige Erkenntnis. Ja, meine neu erwachten Sinne erfanden sich eine ganze Geschichte, schufen sich eine Vergangenheit. Sie lebten, hatten niemals zu leben aufgehört, entdeckten sich selbst während der Studienjahre ein heimliches, listiges Leben.

Ich machte an diesem Tag keine Bekanntschaft, und ich war froh darüber. Aus meiner Tasche zog ich einen kleinen Homer, den ich seit der Abreise von Marseille nicht mehr geöffnet hatte, las drei Sätze aus der *Odyssee,* lernte sie auswendig, und da ich in ihrem Rhythmus genügend Nahrung fand und mich in Muße daran ergötzte, schloss ich das Buch und blieb sitzen, bebend und lebendiger, als ich es je für möglich hielt, und den Geist träge vom Glück.

IV

Marceline, die meine Gesundheit mit Freuden endlich zurückkehren sah, begann seit einigen Tagen, mir von den wundervollen Obstgärten der Oase zu erzählen. Sie ging gerne in frischer Luft spazieren. Die Freiheit, die ihr meine Krankheit brachte, erlaubte ihr lange Wanderungen, von denen sie geblendet zurückkehrte; bisher hatte sie kaum davon erzählt, da sie mich nicht zu verlocken wagte, ihr dorthin zu folgen, und fürchtete, mich betrübt zu sehen, wenn sie mir von Freuden erzählte, die ich noch nicht genießen konnte. Aber jetzt, da es mir besser ging, zählte sie darauf, dass ihr Zauber mich vollends genesen ließe. Der Geschmack am Gehen und Schauen, den ich wiedergewonnen hatte, trieb mich hin. Und schon am nächsten Tag brachen wir zusammen auf.

Sie ging mir voran auf einem seltsamen Weg, desgleichen ich in keinem anderen Land je gesehen habe. Zwischen zwei ziemlich hohen Lehmmauern schlängelt er sich träge dahin; die Form der Gärten, die von den hohen Mauern begrenzt sind, lenken ihn nach Laune; er krümmt sich oder knickt seinen Lauf; gleich am Anfang leitet uns eine Biegung in die Irre; man weiß nicht mehr, woher man kommt, noch wohin man geht. Das Wasser des Baches folgt getreu dem Pfad, läuft eine der Mauern entlang; die Mauern bestehen aus dem Lehm des Weges, dem der ganzen Oase, einem rosigen oder zartgrauen Ton, den das Wasser ein wenig dunkler, den die glühende Sonne rissig macht und den die Hitze härtet, der jedoch beim ersten Regenguss aufweicht und zum formbaren Boden wird, der den Abdruck des nassen Fußes bewahrt. – Über den Mauern Palmen. Sobald wir näher kamen, flogen Tauben auf. Marceline sah mich an.

Ich vergaß meine Müdigkeit und mein Unbehagen. Ich ging dahin in einer Art Ekstase, in stummem Jubel, in einer Begeisterung der Sinne und des Fleisches. In diesem Moment erhob sich eine leichte Brise; die Palmen schwankten hin und her, und wir sahen, wie sich die höchsten Wipfel neigten; dann wurde die Luft wieder ganz ruhig, und ich hörte hinter der Mauer deutlich das Spiel einer Flöte. – Eine Bresche in der Mauer; wir traten ein.

Es war ein Ort voll Schatten und Licht; ruhig und offenbar geschützt; erfüllt von Stille und Rauschen, dem leichten Geräusch des fließenden Wassers, das die Palmen tränkt und von Baum zu Baum eilt; dem leisen Ruf der Tauben, dem Flötenspiel eines Kindes. Es hütete eine Herde Ziegen; es saß fast nackt auf dem Stamm einer gefällten Palme; es ließ sich bei unserem Nahen nicht stören, floh nicht, unterbrach nur einen Augenblick sein Spiel.

Während dieser kurzen Stille merkte ich, dass eine zweite Flöte von fern antwortete. Wir gingen noch ein wenig weiter, dann sagte Marceline:

»Weiterzugehen lohnt nicht; diese Obstgärten gleichen sich alle; am Rand der Oase werden sie vielleicht ein wenig größer ...« Sie breitete den Schal auf die Erde: »Ruh dich aus.«

Wie lange blieben wir dort? Ich weiß es nicht mehr; was zählte schon die Stunde? Marceline war neben mir; ich streckte mich aus, legte meinen Kopf auf ihre Knie. Das Lied der Flöte tönte noch, setzte zuweilen aus, begann aufs Neue; das Geräusch des Wassers ... Hin und wieder blökte eine Ziege. Ich schloss die Augen; ich fühlte auf meiner Stirn die kühle Hand von Marceline; ich fühlte die glühende Sonne sanft gefiltert durch die Palmen; ich dachte an nichts; was lag am Denken? Ich empfand Ungewöhnliches ...

Und für einen Augenblick ein neues Geräusch; ich öffnete die Augen; es war der leichte Wind in den Palmen; er drang nicht bis zu uns herab, bewegte nur die Wipfel ...

Am nächsten Morgen ging ich mit Marceline wieder in diesen Garten; am Abend desselben Tages kehrte ich allein dorthin zurück. Der Hirtenknabe, der die Flöte spielte, war da. Ich ging zu ihm hin, sprach mit ihm. Er hieß Lassif, war erst zwölf Jahre alt, war schön. Er nannte mir die Namen seiner Ziegen, sagte mir, dass die Kanäle *Seghias* heißen; nicht alle fließen jeden Tag, belehrte er mich; das Wasser wird weise und sparsam verteilt, löscht den Durst der Pflanzen und wird ihnen dann sogleich entzogen. Am Fuße jeder Palme ist eine schmale Grube ausgehoben, für das Wasser, das den Baum tränkt; ein kunstvolles Schleusensystem, das mir das Kind durch Vorführen erklärte, lenkt das Wasser, leitet es dorthin, wo der Durst am größten ist.

Am folgenden Tag traf ich einen Bruder von Lassif: Er war ein wenig älter, weniger schön; er hieß Lachmi. Mit Hilfe jener Art Leiter, die dem Stamm entlang von den Narben der früher abgehauenen Palmzweige gebildet wird, kletterte er auf eine geköpfte Palme hinauf und behände wieder herab und ließ dabei unter seinem wehenden Mantel eine goldene Nacktheit sehen. Er brachte von der Höhe des Baumes, dessen Wipfel man gekappt hatte, eine kleine Tonflasche herunter: Sie war da oben aufgehängt, neben der frischen Schnittwunde, um den Saft der Palme aufzufangen, aus dem ein süßer Wein hergestellt wird, den die Araber sehr schätzen. Von Lachmi dazu aufgefordert, kostete ich davon; aber der fade, herbe, sirupartige Geschmack war mir zuwider.

An den folgenden Tagen ging ich noch weiter; ich sah andere Gärten, andere Hirten und andere Ziegen. Wie Marceline gesagt hatte: Diese Gärten waren sich alle gleich; und doch war jeder anders.

Bisweilen noch begleitete mich Marceline; aber meistens verließ ich sie schon am Eingang zu den Obstgärten, überzeugte sie, dass ich müde sei, dass ich mich hinsetzen wolle, dass sie nicht zu warten brauche, denn sie habe es nötig, weiter zu wandern; so beendete sie ihren Spaziergang ohne mich. – Ich blieb bei den Kindern. Bald schon kannte ich viele von ihnen; ich plauderte lange mit ihnen; ich lernte ihre Spiele, zeigte ihnen andere, verlor beim »Korkenspiel« alle meine Sous. Manche begleiteten mich (jeden Tag wanderte ich ein Stück weiter), zeigten mir für den Rückweg einen neuen Pfad, beluden sich mit meinem Mantel und meinem Schal, wenn ich gelegentlich beide mit mir trug; bevor ich sie verließ, verteilte ich mein Kleingeld unter sie; bisweilen folgten sie mir spielend bis vor meine Tür; bisweilen gingen sie sogar noch weiter.

Auch Marceline brachte ihrerseits welche mit, nämlich die aus der Schule, die sie zur Arbeit anhielt. Nach Schulschluss kamen die Braven und die Klugen herauf; die jedoch, die ich mitbrachte, waren anders; aber das Spiel vereinte sie alle. Wir sorgten dafür, dass wir stets Fruchtsäfte und Leckereien im Haus hatten. Bald kamen welche von selbst, sogar unaufgefordert. Ich erinnere mich an jedes, ich sehe sie vor mir …

Gegen Ende Januar wurde das Wetter plötzlich schlecht; ein kalter Wind begann zu wehen, und meine Gesundheit litt sogleich darunter. Die große offene Fläche zwischen der Stadt und der Oase wurde wieder unüberwindlich für mich, und ich musste mich aufs Neue mit dem öffentlichen Park begnügen. Dann regnete es; ein eisiger Regen, der fern am Horizont, im Norden, das Gebirge mit Schnee bedeckte.

Trübsinnig verbrachte ich diese traurigen Tage am Feuer und kämpfte wütend gegen die Krankheit, die bei diesem schlechten Wetter triumphierte. Düstere Tage, an denen ich weder lesen noch arbeiten konnte. Die geringste Anstrengung führte zu lästigen Schweißausbrüchen; mich auf etwas zu konzentrieren, erschöpfte mich; sobald ich meine Atmung nicht sorgfältig überwachte, drohte ich zu ersticken.

Die Kinder waren während dieser tristen Tage meine einzig mögliche Zerstreuung. In der Regenzeit kamen nur die vertrautesten; ihre Kleider waren durchnässt; sie setzten sich im Kreis vor das Feuer. Ich war zu erschöpft, zu leidend für etwas anderes, ich konnte sie nur ansehen; aber die Gegenwart ihrer Gesundheit heilte mich. Marceline hätschelte die schwachen, die kümmerlichen, die allzu braven; ich ärgerte mich über sie und über die Kinder, und schließlich wies ich sie ab. In Wahrheit machten sie mir Angst.

Eines Morgens erlebte ich eine merkwürdige Enthüllung meiner selbst: Moktir, der einzige unter den Schützlingen meiner Frau, der mich nicht störte (vielleicht, weil er schön war), war mit mir allein in meinem Zimmer; bis dahin mochte ich ihn mäßig, aber sein dunkel glänzender Blick ließ mich aufmerken. Eine Neugier, die ich mir nicht recht erklärte, drängte mich, seine Gesten zu überwachen. Ich stand beim Feuer, die beiden Ellbogen auf dem Kamin, vor einem Buch und schien völlig darin vertieft, doch ich konnte im Spiegel die Bewegungen des Kindes sehen, dem ich den Rücken zukehrte. Moktir wusste sich nicht beobachtet und glaubte mich in die Lektüre versunken. Ich sah, wie er sich lautlos einem Tisch näherte, auf den Marceline neben eine Handarbeit eine kleine Schere gelegt hatte, wie er sie verstohlen ergriff und blitzschnell in seinem Burnus verschwinden ließ. Mir schlug das Herz einen Moment lang heftig, aber selbst die vernünftigsten Überlegungen konnten nicht das geringste Gefühl der Empörung in mir auslösen. Noch mehr! Es gelang mir nicht, mich davon zu überzeugen, dass mich ein anderes Gefühl erfüllte als Vergnügen, Belustigung. Nachdem ich Moktir genügend Zeit gelassen hatte, mich trefflich zu bestehlen, wandte ich mich ihm wieder zu und sprach mit ihm, als sei nichts geschehen. Marceline liebte dieses Kind sehr. Doch ich glaube nicht, dass mich die Furcht, ihr wehzutun, dazu trieb, statt Moktir bei ihr zu denunzieren, irgendeine Geschichte zu erfinden, um den Verlust der Schere zu erklären. Von diesem Tag an war Moktir mein Liebling.

V

Unser Aufenthalt in Biskra sollte nicht mehr lange dauern. Waren die Regentage des Februar erst vorüber, brach die Hitze zu heftig aus. Nach etlichen beschwerlichen Tagen, die wir unterm Regen verbracht hatten, erwachte ich eines Morgens plötzlich im Blau des Himmels. Kaum aufgestanden, lief ich auf die höchste Stelle der Terrasse. Der Himmel war rein von Horizont zu Horizont. Unter der schon glühenden Sonne stieg der Dunst auf; die ganze Oase dampfte; von ferne hörte man das überschwemmte Wadi grollen. Die Luft war so rein, so leicht, dass ich mich sogleich besser fühlte. Marceline kam; wir wollten ausgehen; aber der Schmutz hielt uns an diesem Tag zu Hause.

Einige Tage später gingen wir in Lassifs Obstgarten; die Stämme schienen schwer, weich, prall vom Wasser. Diese afrikanische Erde, von deren Erwartung während der tagelangen Überflutung ich nichts wusste, erwachte jetzt vom Winter, trunken vom Wasser, berstend von neuen Säften; sie lachte in einem rasenden Frühling, dessen Echo und dessen Zwilling ich in mir fühlte. Zuerst begleiteten uns Ashour und Moktir; noch genoss ich ihre leichte Freundschaft, die nur einen halben Franc am Tag kostete; aber bald war ich ihrer überdrüssig, war selbst nicht mehr so schwach, dass ich das Beispiel ihrer Gesundheit noch nötig gehabt hätte, und fand in ihren Spielen nicht mehr die Nahrung, die ich brauchte. So übertrug ich auf Marceline die Begeisterung meines Geistes und meiner Sinne. An ihrer Freude erkannte ich, dass sie traurig gewesen war. Ich bat sie wie ein Kind um Verzeihung, dass ich sie so oft vernachlässigt hatte, gab meiner Schwäche die Schuld an meiner wechselhaften, wunderlichen Stimmung, versicherte ihr, dass ich bisher zum Lieben zu müde gewesen sei, aber mit meiner Gesundheit nun auch meine Liebe wachsen fühle. Ich sagte die Wahrheit; aber ohne Zweifel war ich immer noch sehr schwach, denn erst einen Monat später begehrte ich Marceline.

Unterdessen steigerte sich die Hitze jeden Tag. Nichts hielt uns in Biskra – als der Zauber, der mich später dorthin zurückbringen sollte. Plötzlich entschlossen wir uns abzureisen. In drei Stunden war unser Gepäck bereit. Der Zug fuhr ab im Morgengrauen des folgenden Tages …

Ich erinnere mich an die letzte Nacht. Der Mond war fast rund; durch mein weit offenes Fenster fiel er voll in mein Zimmer. Marceline schlief, glaube ich. Ich lag im Bett, konnte jedoch nicht schlafen. Ich fühlte mich brennen in einem glücklichen Fieber, das nichts anderes war als das Leben. Ich stand auf, tauchte meine Hände und mein Gesicht ins Wasser, stieß die Glastür auf und trat hinaus.

Es war schon spät; kein Geräusch; kein Hauch; selbst die Luft schien eingeschlafen. Kaum hörte man in der Ferne die arabischen Hunde, die wie die Schakale die ganze Nacht hindurch kläffen. Vor mir lag der kleine Hof; die Mauer gegenüber warf eine schräge Schattenbahn darauf; die regelmäßigen Palmen schienen farblos, leblos, auf immer erstarrt ... Aber auch im Schlaf erkennt man noch den Pulsschlag des Lebens – hier schien nichts zu schlafen, schien alles tot. Ich erschrak über diese Ruhe; und plötzlich überwältigte mich von Neuem das tragische Bewusstsein meines Lebens, als ob es aufbegehrte, sich bestätigte, sich quälte in der Stille, überwältigte mich so heftig, fast schmerzhaft, und so ungestüm, dass ich geschrien hätte, wenn ich wie die Tiere hätte schreien können. Ich nahm meine Hand, so erinnere ich mich, meine linke Hand in die rechte; ich wollte sie zum Kopf führen, und ich tat es. Warum? Um mir zu bestätigen, dass ich lebte und das wundervoll fand. Ich berührte meine Stirn, meine Augenlider. Ein Schauder erfasste mich. Ein Tag wird kommen, dachte ich, ein Tag wird kommen, an dem ich selbst das Wasser, nach dem ich am meisten verlange, an die Lippen zu heben die Kraft nicht mehr habe ... Ich ging wieder hinein, legte mich aber noch nicht wieder zu Bett; ich wollte diese Nacht festhalten, mir den Gedanken an sie ins Gedächtnis prägen, sie zurückhalten; unentschlossen, was ich tun sollte, nahm ich ein Buch von meinem Tisch – die Bibel – und öffnete sie aufs Geratewohl. Ins Mondlicht gebeugt, konnte ich lesen; ich las die Worte von Jesus an Petrus, ach, jene Worte, die ich nie mehr vergessen sollte: »Da du jünger warst, gürtetest du dich selber und wandeltest, wohin du wolltest; wenn du aber alt wirst, wirst du die Hände ausstrecken …« Wirst du die Hände ausstrecken …

Am nächsten Tag in der Dämmerung brachen wir auf.

VI

Ich werde nicht jede Station unserer Reise erwähnen. Manche haben nur eine wirre Erinnerung hinterlassen. Meine Gesundheit war bald besser, bald schlechter, wankte noch im kalten Wind, beunruhigt vom Schatten einer Wolke, und der Zustand meiner Nerven brachte mir häufig Schwierigkeiten; aber meine Lungen wenigstens heilten. Jeder Rückfall war kürzer und weniger schwer; der Angriff war ebenso heftig, aber mein Körper war besser gegen ihn gerüstet.

Wir waren von Tunis aus nach Malta und weiter nach Syrakus gefahren. Ich betrat wieder den klassischen Boden, dessen Sprache und dessen Geschichte mir vertraut waren. Seit dem Beginn meiner Krankheit hatte ich ohne Überlegung, ohne Regeln gelebt und mich einfach bemüht zu leben, wie das Tier oder das Kind. Da ich von dem Leiden jetzt nicht mehr so sehr in Anspruch genommen war, wurde mein Leben wieder sicher und bewusst. Ich glaubte, nach dieser langen Agonie als derselbe neu geboren zu werden und meine Gegenwart bald an die Vergangenheit wiederanknüpfen zu können. Im vollkommen Neuen eines unbekannten Landes konnte ich mich so täuschen; hier nicht mehr; alles lehrte mich hier, was mich noch immer überraschte: Ich hatte mich verändert.

Als ich in Syrakus und später meine Studien wiederaufnehmen wollte, mich wie ehedem in die penible Erforschung des Vergangenen vertiefen wollte, entdeckte ich, dass mir irgendetwas den Geschmack daran vielleicht nicht genommen, aber zumindest geschmälert hatte; es war das Bewusstsein der Gegenwart. Die Vergangenheit nahm jetzt in meinen Augen jene Unbeweglichkeit an, jene erschreckende Starre der nächtlichen Schatten in dem kleinen Hof von Biskra, jene Todesstarre. Früher hatte ich an ebendieser Starrheit, die meinem Geist Genauigkeit erlaubte, Gefallen gefunden; alle Tatsachen der Geschichte erschienen mir wie die Stücke eines Museums oder besser wie die Pflanzen eines Herbariums, deren unabänderliche Dürre mich vergessen machte, dass sie einmal saftprall unter der Sonne gelebt hatten. Jetzt konnte ich an der Geschichte nur noch Gefallen finden, wenn ich sie mir als gegenwärtig vorstellte. Die großen politischen Ereignisse mussten mich folglich weit weniger bewegen als die in mir erneuerte Empfindung der Dichter oder gewisser Männer der Tat. In Syrakus las ich Theokrit, und es kam mir in den Sinn, dass seine Hirten mit den schönen Namen dieselben seien, die ich in Biskra geliebt hatte.

Meine Gelehrsamkeit, die sich bei jedem Schritt regte, war mir im Weg, behinderte meine Freude. Ich konnte kein griechisches Theater, keinen Tempel betrachten, ohne ihn sogleich im Geist zu rekonstruieren. Jede Ruine, die an der Stelle eines antiken Festes übrig geblieben war, ließ mich darüber trauern, dass es tot war; und mir graute vor dem Tod.

Ich kam so weit, dass ich die Ruinen floh, dass ich den schönsten Monumenten der Vergangenheit diese niederen Gärten vorzog, die man Latomien nennt, wo die Zitronen die herbe Süße der Orangen haben, und die Ufer der Kyane, die zwischen den Papyrusstauden noch so blau fließt wie an dem Tag, da sie Proserpina beweinte. Ich kam so weit, dass ich diese Wissenschaft verachtete, die zuvor meinen ganzen Stolz ausgemacht hatte; diese Studien, die zuvor mein ganzes Leben gewesen waren, schienen mir nur noch eine ganz zufällige und konventionelle Beziehung zu mir zu haben. Ich fand mich anders, und ich lebte – o Freude – jenseits von ihnen. Als Spezialist kam ich mir töricht vor. Als Mensch: kannte ich mich? Ich wurde ja eben erst geboren und konnte noch nicht wissen, als wer ich geboren wurde. Das galt es zu lernen.

Nichts Tragischeres für den, der zu sterben glaubte, als eine langsame Genesung. Wen die Schwingen des Todes berührt haben, dem ist nicht mehr wichtig, was ihm zuvor noch wichtig schien; andere Dinge, die nicht wichtig schienen oder von deren Existenz man nicht einmal wusste, sind wichtig. Die Anhäufung aller erworbenen Kenntnisse auf unserem Geist blättert ab wie Schminke und lässt an manchen Stellen das nackte Fleisch sehen, das eigentliche Wesen, das sich darunter verbarg.

Dies wollte ich von nun an entdecken: das eigentliche Wesen, den »alten Menschen«, wie ihn das Evangelium nicht mehr wollte; den alles um mich, Bücher, Lehrer, Eltern, und den ich selbst erst zu unterdrücken versucht hatte. Schon wegen dieser Überfrachtung schien es mir schwieriger und heikler, aber auch umso nützlicher und wertvoller, ihn zu entdecken. Ich verachtete von da an dieses zweitrangige, erlernte Wesen, das die Bildung darauf gepfropft hatte. Es galt die Überfracht abzuwerfen.

Ich verglich mich mit den Palimpsesten; ich kostete die Freude des Gelehrten, der auf demselben Papier unter der neueren Schrift einen sehr alten und unendlich kostbareren Text entdeckt. Wie lautete dieser verborgene Text? Musste man nicht, um ihn lesen zu können, erst die jüngeren Texte auslöschen?

Nicht länger war ich das kränkliche und fleißige Wesen, auf das meine frühere, ganz starre und enge Moral passte. Es ging hier um mehr als eine Genesung; es ging hier um eine Mehrung, einen neuen Ausbruch des Lebens, den Zustrom eines besseren, wärmeren Blutes, das meine Gedanken erfassen, einen um den andern erfassen, alles durchdringen, erregen, die entlegensten, zartesten und verborgensten Fibern meines Wesens färben sollte. Denn man fügt sich der Stärke wie der Schwäche; das Wesen formt sich nach den Kräften, die es hat; aber dass sie wachsen, dass sie es uns erlauben, mehr zu können und ... Alle diese Gedanken hatte ich damals noch nicht, daher entstellt mich dieses Bild. In Wahrheit dachte ich nicht, prüfte ich mich nicht; eine glückliche Fügung lenkte mich. Ich fürchtete, ein zu hastiger Blick könnte das Mysterium meiner langsamen Wandlung stören. Man musste den verwischten Buchstaben Zeit lassen wiederzuerscheinen, man durfte sie nicht zu formen versuchen. So ließ ich mein Gehirn nicht im Stich, sondern brachliegen, ich widmete mich wollüstig mir selbst, den Dingen, dem Ganzen, das mir göttlich schien. Wir hatten Syrakus verlassen, und ich lief den steilen Weg hinauf, der von Taormina nach Mola führt, und schrie, um es in mir aufzurufen: Ein neues Wesen! Ein neues Wesen!

Ich bemühte mich also einzig darum, bemühte mich ständig, all das systematisch zu verhöhnen und zu unterdrücken, was ich nur meiner vergangenen Ausbildung und meiner ersten Moral zu verdanken glaubte. Aus entschiedener Geringschätzung für meine Wissenschaft, aus Verachtung für meine gelehrten Neigungen weigerte ich mich, Agrigent zu besichtigen, und einige Tage später hielt ich auf dem Weg nach Neapel nicht bei dem schönen Tempel von Paestum an, wo Griechenland noch atmet und wo ich zwei Jahre später ich weiß nicht welchen Gott anbeten sollte.

Was rede ich von einzigem Bemühen? Konnte ich mich anders für mich interessieren als für ein noch zu vollendendes Wesen? Niemals strebte mein Wille begieriger nach dieser unbekannten Vollkommenheit, die ich mir dunkel vorstellte. Ich setzte diesen ganzen Willen dafür ein, meinen Körper zu kräftigen, ihn zu bräunen. In der Nähe von Salerno hatten wir die Küste verlassen und waren nach Ravello hinaufgestiegen. Die frischere Luft dort oben, der Reiz der Felsen voller Schlupfwinkel und Überraschungen, die fremde Tiefe der Täler förderten meine Kraft, meine Freude, befeuerten meinen Schwung.

Mehr dem Himmel benachbart als abseits vom Ufer, liegt Ravello auf einer steilen Höhe dem fernen und flachen Gestade von Paestum gegenüber. Es war unter normannischer Herrschaft eine fast bedeutende Stadt; heute ist es nur noch ein enges Dorf, in dem wir, glaube ich, die einzigen Fremden waren. Ein altes Kloster, das man in ein Hotel verwandelt hatte, beherbergte uns. Da es am Rand des Felsens lag, schienen seine Terrassen und sein Garten ins Blau überzuhängen. Hinter der von Reben bewachsenen Mauer sah man zunächst nichts als das Meer; man musste an die Mauer herantreten, um den bebauten Abhang zu bemerken, der Ravello mehr durch Treppen als durch Pfade mit dem Strand verband. Hinter Ravello stieg das Gebirge hoch. Olivenbäume, riesige Johannisbrotbäume; in ihrem Schatten Alpenveilchen; weiter oben eine große Zahl Kastanien; frische Luft; nordische Pflanzen; weiter unten, nahe dem Meer, Zitronenbäume. Man hat sie in kleinen Kulturen angepflanzt, fast regelmäßigen Terrassengärten, wie sie das Gefälle des Geländes bedingt; in der Mitte durchzieht sie eine schmale Allee von einer Seite zur andern, in die man geräuschlos, wie ein Dieb, eintritt. Man kann träumen unter diesem grünen Schatten; das Laub ist dicht, schwer; kein Strahl durchdringt es ungebrochen; wie dicke, duftende Wachstropfen hängen die Zitronen darin; im Schatten wirken sie weiß und grünlich; sie hängen in Reichweite der Hand, des Durstes; sie schmecken süß, herb; sie erfrischen.

Der Schatten dort war so dicht, dass ich nach dem Gehen, von dem ich noch erhitzt war, nicht stehen zu bleiben wagte. Doch die Treppen erschöpften mich nicht mehr; ich übte mich darin, sie mit geschlossenem Mund hinaufzuklettern; ich machte in immer größeren Abständen halt, sagte mir: bis dahin will ich gehen, ohne schwach zu werden; am Ziel angelangt, fand ich in meinem befriedigten Stolz meinen Lohn; dann atmete ich langsam, kräftig, sodass mir schien, ich fühlte die Luft viel wirkungsvoller in meine Brust dringen. Ich übertrug auf alle diese Sorgen um meinen Körper die Beharrlichkeit von ehedem. Ich machte Fortschritte.

Manchmal wunderte ich mich, dass meine Gesundheit sich so schnell wiederherstellte. Schließlich kam ich zu der Überzeugung, ich hätte anfangs den Ernst meines Zustandes übertrieben; bezweifelte, dass ich sehr krank gewesen war; verlachte meinen Blutsturz; bedauerte, dass sich meine Genesung nicht schwieriger angelassen hatte.

Zuerst hatte ich mich sehr töricht gepflegt, da ich die Bedürfnisse meines Körpers nicht kannte. Ich studierte sie nun geduldig und wurde, was die umsichtige Pflege betrifft, so beharrlich und erfinderisch, dass ich mich damit unterhielt wie mit einem Spiel. Am meisten litt ich immer noch unter meiner krankhaften Anfälligkeit gegen jede Temperaturschwankung. Ich schrieb diese Überempfindlichkeit jetzt, da meine Lungen geheilt waren, meiner nervösen Schwäche zu, diesem Überrest der Krankheit. Ich beschloss, sie zu überwinden. Der Anblick der schön gebräunten und wie von Sonne durchdrungenen Haut, wie sie ein paar spärlich bekleidete Bauern enthüllten, die mit offener Jacke auf den Feldern arbeiteten, brachte mich auf den Gedanken, mich ebenso bräunen zu lassen. Eines Morgens zog ich mich aus und betrachtete mich; der Anblick meiner zu mageren Arme, meiner Schultern, die sich auch mit größter Anstrengung nicht geradebiegen wollten, aber vor allem der Blässe oder vielmehr der Farblosigkeit meiner Haut erfüllte mich mit Scham und Tränen. Ich zog mich eilig wieder an, und anstatt wie gewohnt nach Amalfi hinunterzusteigen, schlug ich den Weg zu den mit kurzem Gras und Moos bedeckten Felsen ein, fern von den Häusern, fern von den Straßen, wo ich wusste, dass ich nicht gesehen werden konnte. Dort zog ich mich langsam aus. Die Luft war fast frisch, aber die Sonne glühte. Ich bot meinen ganzen Körper ihrer Flamme dar. Ich setzte mich, legte mich hin, drehte mich um. Ich spürte unter mir den harten Boden; die jungen Gräser streiften mich bei jeder Bewegung. Obgleich ich im Windschutz saß, schauderte und zitterte ich bei jedem Hauch. Bald umhüllte mich ein köstliches Brennen; mein ganzes Sein strömte in meine Haut.

Wir blieben vierzehn Tage in Ravello; jeden Morgen ging ich zu den Felsen hinauf und machte meine Kur. Bald wurden mir die zahlreichen Kleidungsstücke, die ich immer noch trug, lästig und überflüssig; meine gekräftigte Epidermis schwitzte nicht mehr ununterbrochen und wusste sich zu schützen durch die eigene Wärme.

Am Morgen eines der letzten Tage (wir hatten Mitte April) wagte ich noch mehr. Aus einer Spalte der Felsen, von denen ich rede, entsprang eine Quelle. Sie fiel in Kaskaden herab, freilich nicht zu reichlich, aber unter dem Wasserfall hatte sie ein tieferes Becken ausgehöhlt, in dem sich das sehr klare Wasser staute. Dreimal war ich hingegangen, hatte mich darüber gebeugt, hatte mich auf der Böschung ausgestreckt, voll Durst und voll Verlangen; lange hatte ich den glatten Felsengrund betrachtet, auf dem man keinen Schmutz, kein Kräutchen entdecken konnte und in den die Sonne flimmernd und vielfarbig hinabdrang. An diesem vierten Tag trat ich, schon im Voraus entschlossen, an das Wasser heran, das klarer war denn je, und tauchte, ohne länger zu überlegen, mit einem Schwung ganz hinein. Schnell erstarrt, stieg ich wieder heraus und streckte mich auf dem Gras in der Sonne aus. Da wuchs duftende Pfefferminze; ich pflückte sie, zerquetschte die Blätter und rieb meinen feuchten, doch brennenden Körper ganz damit ein. Ich betrachtete mich lange, jetzt ohne jede Scheu, mit Freude. Ich fand mich zwar noch nicht kräftig, fand aber, dass ich es werden könne, fand mich harmonisch, sinnlich, fast schön.

VII

So begnügte ich mich, statt zu handeln, zu arbeiten, mit Körperübungen, die sicher auf meine veränderte Moral schließen ließen, mir aber bald nur noch wie eine Vorbereitung, wie ein Mittel erschienen und mich allein nicht mehr befriedigten.

Noch eine andere Tat, die euch vielleicht lächerlich scheinen mag, muss ich bekennen, denn sie verdeutlicht in ihrer Naivität das mich quälende Bedürfnis, auch äußerlich den inneren Wandel meines Wesens auszudrücken: In Amalfi hatte ich mich rasieren lassen.

Bis zu diesem Tag hatte ich einen Vollbart und ganz kurz geschorene Haare getragen. Es war mir nie in den Sinn gekommen, dass ich ebenso gut eine andere Frisur hätte tragen können. Doch an dem Tag, da ich mich zum ersten Mal nackt auf den Felsen gelegt hatte, störte mich plötzlich dieser Bart wie ein letztes Kleidungsstück, das ich nicht ablegen konnte; ich hatte das Gefühl, er sei falsch. Er war sorgfältig gestutzt, und zwar nicht spitz, sondern eckig, was mir alsbald hässlich und lächerlich erschien. Als ich ins Hotelzimmer zurückkam, betrachtete ich mich im Spiegel und missfiel mir; ich sah so aus, wie ich bisher gewesen war: wie ein Paläograf. Gleich nach dem Mittagessen stieg ich, nachdem mein Entschluss gefasst war, nach Amalfi hinunter.

Die Stadt ist sehr klein: ich musste mich mit einem elenden Kramladen am Marktplatz begnügen. Es war Markttag; der Laden war voll; ich musste endlos lange warten; aber nichts, weder die zweifelhaften Rasiermesser noch der vergilbte Pinsel, weder der Geruch noch das Geschwätz des Barbiers, konnte mich abbringen. Als ich meinen Bart unter der Schere fallen fühlte, war es mir, als nähme ich eine Maske ab. Was tut's! Als ich mich nachher erblickte, war die Erregung, die mich erfüllte und die ich nach besten Kräften zu unterdrücken suchte, nicht Freude, sondern Angst. Ich will dieses Gefühl nicht bereden, ich stelle es fest. Ich fand meine Züge recht schön … nein, die Angst kam daher, dass ich glaubte, man sähe meine Gedanken nackt, die mir plötzlich furchtbar schienen.

Die Haare dagegen ließ ich mir wachsen.

Das war alles, was mein neues, noch müßiges Wesen zu tun fand. Ich dachte, es würde Taten vollbringen, die mich selbst in Staunen versetzten; aber später, später, sagte ich mir – wenn sich das Wesen besser ausgeformt hätte. Da ich gezwungen war, inzwischen weiterzuleben, übernahm ich wie Descartes eine provisorische Art zu handeln. Das konnte Marceline täuschen. Die Veränderung in meinem Blick, der neue Ausdruck meiner Züge, besonders an dem Tag, als ich ohne Bart erschien, hätten sie vielleicht beunruhigt; aber sie liebte mich schon zu sehr, um mich noch klar zu erkennen, zudem beruhigte ich sie nach Kräften. Es war wichtig, dass sie meine Wiedergeburt nicht störte; um sie ihren Blicken zu entziehen, musste ich mich verstellen.

Denn der, den Marceline liebte, den sie geheiratet hatte, war nicht mein »neues Wesen«. Indem ich mir das wiederholte, hielt ich mich dazu an, es vor ihr zu verbergen. So bot ich ihr nur ein Bild von mir, das von Tag zu Tag falscher wurde, weil es unveränderlich und der Vergangenheit treu zu sein hatte.

Meine Beziehungen zu Marceline blieben also inzwischen die gleichen – obgleich sie mit jedem Tag überschwänglicher wurden durch eine immer größere Liebe. Selbst meine Verstellung (wenn man das Bedürfnis, meine Gedanken ihrem Urteil zu entziehen, so nennen kann) verstärkte sie. Ich will damit sagen, dass mich dieses Spiel unaufhörlich mit Marceline beschäftigte. Vielleicht fiel mir dieser Zwang zur Lüge anfangs ein wenig schwer; aber ich kam schnell dahinter, dass die Dinge, die man für die schlimmsten ausgibt (die Lüge, um nur dieses eine zu nennen), nur schwierig sind, solange man sie nicht getan hat; dass aber jedes durch die Wiederholung sehr schnell leicht, angenehm, köstlich und bald selbstverständlich wird. So fand ich schließlich wie an allem, sobald eine erste Abscheu überwunden ist, auch an dieser Verstellung Vergnügen, verweilte bei ihr wie bei einem Spiel meiner unbekannten Fähigkeiten. Und jeden Tag machte ich Fortschritte auf ein reicheres und erfüllteres Leben hin, auf ein köstlicheres Glück.

VIII

Die Straße von Ravello nach Sorrent ist so schön, dass ich an jenem Morgen nichts Schöneres auf Erden zu sehen wünschte. Die raue Hitze des Felsens, die Luftfülle, die Düfte, die Klarheit, alles erfüllte mich mit dem köstlichen Reiz des Lebens und befriedigte mich so sehr, dass ich nichts als eine leichte Freude in mir fühlte. Erinnerung oder Reue, Hoffnung oder Verlangen, Zukunft und Vergangenheit schwiegen; ich kannte nichts mehr vom Leben als das, was der Augenblick brachte, was er davontrug. – O körperliche Freuden! rief ich; sicherer Rhythmus meiner Muskeln! Gesundheit! …

Ich war am frühen Morgen aufgebrochen, vor Marceline, deren zu stille Freude die meine gedämpft, deren Schritt den meinen verlangsamt hätte. Sie sollte mich mit dem Wagen einholen, in Positano, wo wir zu Mittag essen wollten.

Ich näherte mich Positano, als ein Rädergeräusch, der Bass in einem wunderlichen Gesang, mich plötzlich zurückblicken ließ. Zuerst konnte ich nichts sehen wegen einer Windung der Straße, die an dieser Stelle an der Klippe entlangführt. Dann tauchte plötzlich in wilder Fahrt ein Wagen auf; es war Marcelines Wagen. Der Kutscher sang aus voller Kehle, gestikulierte heftig, stand aufrecht auf seinem Sitz und drosch wütend auf das scheuende Pferd ein. Was für eine Bestie! Als er an mir vorbeifuhr, konnte ich gerade noch zurückspringen; er hielt nicht an auf meinen Ruf ... Ich stürzte ihm nach: aber der Wagen fuhr zu schnell. Ich zitterte, Marceline könnte darin sitzen bleiben, zitterte, ich könnte sie plötzlich herausspringen sehen; ein Satz des Pferdes musste sie ins Meer schleudern ... Da stürzt das Pferd. Marceline steigt aus, will fliehen; aber schon bin ich neben ihr. Sobald mich der Kutscher erblickt, empfängt er mich mit fürchterlichen Flüchen. Ich war wütend auf diesen Mann; bei seinem ersten Schimpfwort stürzte ich mich auf ihn und stieß ihn brutal von seinem Sitz hinunter. Ich rollte mit ihm am Boden, verlor jedoch nicht die Oberhand; er schien von seinem Sturz betäubt, und bald war er es noch mehr durch den Faustschlag, den ich ihm mitten ins Gesicht versetzte, als ich sah, dass er mich beißen wollte. Doch ich ließ ihn nicht los, sondern setzte ihm das Knie auf die Brust und versuchte seine Arme zu bändigen. Ich sah sein hässliches Gesicht, das meine Faust soeben noch übler zugerichtet hatte; er spuckte, geiferte, blutete, fluchte, ah, der scheußliche Kerl! Wahrhaftig, man schien berechtigt, ihn zu erwürgen; und vielleicht hätte ich es getan ... wenigstens fühlte ich mich dazu imstande; und ich glaube wohl, dass nur der Gedanke an die Polizei mich davon abhielt.

Nicht ohne Mühe gelang es mir, den Rasenden zu fesseln. Wie einen Sack warf ich ihn in den Wagen.

Ah, welche Blicke, welche Küsse tauschten wir danach. Die Gefahr war nicht sehr groß gewesen; aber ich hatte meine Kraft zeigen müssen, und zwar um sie zu schützen. Mir war zumute gewesen, als könnte ich mein Leben für sie hingeben … es ganz, mit Freuden hingeben … Das Pferd hatte sich wieder aufgerichtet. Wir überließen dem Trunkenbold den Fond des Wagens, stiegen beide auf den Bock, lenkten mehr schlecht als recht und konnten erst Positano, dann Sorrent erreichen.

In dieser Nacht besaß ich Marceline.

Habt ihr es wohl begriffen, oder muss ich euch wiederholen, dass ich in Sachen Liebe ein Neuling war? Vielleicht verdankte unsere Hochzeitsnacht ihren Charme der Neuheit … Denn wenn ich mich heute daran erinnere, scheint mir diese erste Nacht die einzige, so sehr steigerten die Erwartung und Überraschung der Liebe die Wonnen der Lust, so genügte der größten Liebe eine einzige Nacht, um sich zu offenbaren, und so hartnäckig kehrt meine Erinnerung allein zu ihr zurück. Im Lachen eines Augenblicks vereinigten sich unsere Seelen … Doch ich glaube, es gibt einen einzigen Höhepunkt in der Liebe, den die Seele später, ach, vergebens zu übertreffen sucht; das Bemühen, ihr Glück zu erneuern, nützt sie ab; nichts behindert das Glück so sehr wie die Erinnerung an das Glück. Ah, ich erinnere mich an diese Nacht …

Unser Hotel lag außerhalb der Stadt, umgeben von Gärten und Obstwiesen; Zweige streiften den großen Balkon, der an unser Zimmer anschloss. Die Morgendämmerung drang durch die weit geöffneten Fenster herein. Ich erhob mich leise und beugte mich zärtlich über Marceline. Sie schlief; sie schien im Schlaf zu lächeln. Ich fühlte mich stärker, da sie auf mich zarter wirkte, da ihre Anmut zerbrechlich schien. Wilde Gedanken wirbelten mir im Kopf herum. Sie log nicht, wenn sie sagte, ich sei ihr alles – dachte ich, und dann: Was trage ich schon bei zu ihrer Freude? Fast jeden, fast den ganzen Tag lasse ich sie allein; sie erwartet alles von mir, und ich lasse sie im Stich! … Ach, arme, arme Marceline! … Meine Augen füllten sich mit Tränen. Vergebens suchte ich in meinem früheren

Schwächezustand eine Art Entschuldigung; was hatte ich jetzt noch Anspruch auf ständige Pflege, auf Egoismus? War ich jetzt nicht stärker als sie? …

Das Lächeln hatte ihre Wangen verlassen; die Morgenröte, die doch alles vergoldet, ließ sie mir plötzlich traurig und blass erscheinen – und vielleicht machte mich der nahende Morgen für die Angst empfänglich: Werde eines Tages ich dich pflegen müssen, mich um dich sorgen müssen, Marceline? rief es in mir. Mich schauderte, und ganz starr vor Liebe, vor Mitleid und Zärtlichkeit drückte ich leise den zartesten, den liebevollsten, den frommsten aller Küsse zwischen ihre geschlossenen Augen.

IX

Die wenigen Tage, die wir in Sorrent verlebten, waren heitere und sehr ruhige Tage. Hatte ich jemals solche Ruhe, solches Glück gekostet? Würde ich Gleiches noch einmal kosten? … Ich war stets um Marceline; ich beschäftigte mich weniger mit mir und mehr mit ihr, und ich fand im Plaudern mit ihr jene Freude, die mir in den Tagen zuvor das Schweigen verschafft hatte.

Ich war zunächst erstaunt, als ich fühlte, dass unser unstetes Leben, in dem ich mir völlig zu genügen vorgab, ihr nur als vorübergehender Zustand gefiel; alsbald erkannte auch ich den Müßiggang dieses Lebens; ich nahm an, es dauere seine Zeit; der Wunsch nach Arbeit entsprang aus der Untätigkeit selbst, in die mich schließlich meine wiederhergestellte Gesundheit versetzte, und zum ersten Mal sprach ich ernsthaft von Heimkehr; an der Freude, die Marceline darüber äußerte, bemerkte ich, dass sie seit Langem daran dachte. Die historischen Arbeiten, an die ich nun wieder zu denken begann, hatten jedoch nicht mehr denselben Reiz für mich. Ich habe euch schon erzählt, dass mir seit meiner Krankheit die abstrakte, neutrale Kenntnis der Vergangenheit sinnlos schien. Einst konnte ich mich mit philologischen Forschungen beschäftigen; ich bemühte mich zum Beispiel, den Einfluss des Gotischen auf die Veränderung der lateinischen Sprache zu bestimmen, und vernachlässigte, missdeutete dabei Gestalten wie Theoderich, Kassiodor, Amalaswintha und deren bewundernswerte Leidenschaften, begeisterte mich nur für Zeichen, für den Rückstand ihres Lebens. Jetzt dienten mir ebendiese Zeichen und die gesamte Philologie nur noch als Mittel, um besser in das einzudringen, dessen Adel und wilde Größe sich mir offenbarten. Ich beschloss, mich mit dieser Epoche genauer zu befassen, mich eine Zeit lang auf die letzten Jahre des gotischen Reichs zu beschränken und aus unserem nächsten Aufenthalt in Ravenna, dem Schauplatz seiner Agonie, Nutzen zu ziehen.

Soll ich es gestehen, dass mich die Gestalt des jungen Königs Athalarich am meisten faszinierte? Ich stellte mir dieses Kind von fünfzehn Jahren vor, das, heimlich von den Goten aufgehetzt, gegen seine Mutter Amalaswintha rebelliert, sich gegen seine lateinische Erziehung sträubt, die Kultur abwirft wie ein Hengst den lästigen Sattel, die Gesellschaft der rohen Goten der des weisen, alten Kassiodor vorzieht, mit rüden Günstlingen seines Alters ein paar Jahre lang ein gewalttätiges, ausschweifendes und zügelloses Leben genießt, um mit achtzehn Jahren, ganz verderbt und des Lasters überdrüssig, zu sterben. Ich fand in diesem tragischen Streben nach einem wilderen, unberührteren Zustand etwas von dem wieder, was Marceline lächelnd »meine Krise« nannte. Ich suchte Befriedigung, indem ich wenigstens meinen Geist daran verwandte, da sich mein Körper nicht mehr damit beschäftigte; und ich überzeugte mich nach besten Kräften, dass es aus dem schrecklichen Tod des Athalarich eine Lehre zu ziehen galt.

Vor Ravenna, wo wir uns vierzehn Tage aufhalten wollten, würden wir rasch Rom und Florenz besichtigen, auf Venedig und Verona verzichten und den Schluss der Reise beschleunigen, um erst in Paris wieder haltzumachen. Ich fand ein ganz neues Vergnügen darin, mit Marceline über die Zukunft zu sprechen; noch war nicht ganz entschieden, wie wir den Sommer verbringen sollten; wir waren beide der Reisen überdrüssig und wollten nicht wieder fort; ich wünschte mir für meine Studien die allergrößte Ruhe; und wir dachten an ein ertragreiches Gut zwischen Lisieux und Pont-l'Évêque, in der grünsten Normandie – ein Gut, das einst meiner Mutter gehörte und wo ich mit ihr einige Sommer meiner Kindheit verbracht hatte, wo ich aber seit ihrem Tod nicht mehr gewesen war. Mein Vater hatte die Unterhaltung und Aufsicht einem inzwischen bejahrten Verwalter anvertraut, der die Pachtgelder regelmäßig für ihn einzog und uns zuschickte. Ein großes und sehr angenehmes Haus in einem von Wasserläufen durchzogenen Garten hatte mir köstliche Erinnerungen hinterlassen; man nannte es La Morinière; mir schien, dort sei gut zu wohnen.

Ich sprach davon, den nächsten Winter in Rom zu verbringen – diesmal als Arbeiter, nicht mehr als Reisender … Aber dieser Plan wurde schnell umgestoßen: Unter der wichtigen Post, die uns seit Langem in Neapel erwartete, war ein Brief, mit dem man mir überraschend mitteilte, im Collège de France werde ein Lehrstuhl frei und mein Name sei mehrere Male genannt worden; es handle sich nur um eine Stellvertretung, aber gerade das lasse mir für die Zukunft größere Freiheit; der Freund, der mich davon unterrichtete, empfahl mir für den Fall, dass ich annehmen wollte, ein paar hilfreiche Maßnahmen – und drängte mich sehr anzunehmen. Ich zögerte, da ich zunächst vor allem die Abhängigkeit fürchtete; dann dachte ich, es könnte interessant sein, meine Arbeiten über Kassiodor in einem Kolleg darzulegen ... Schließlich gab die Freude, die ich Marceline damit machen würde, den Ausschlag. Und sobald mein Entschluss gefasst war, sah ich nur noch den Vorteil.

Zu der gelehrten Welt von Rom und Florenz unterhielt mein Vater etliche Verbindungen; ich selbst hatte mit einigen dieser Wissenschaftler zu korrespondieren begonnen. Sie verschafften mir alle Mittel, um meine Forschungen in Ravenna und anderswo durchzuführen; ich dachte nur noch an die Arbeit. Marceline ersann Tausend reizende Aufmerksamkeiten, Tausend Annehmlichkeiten, um sie zu fördern.

Während des letzten Teils unserer Reise war unser Glück so ausgewogen, so ruhig, dass ich nichts davon erzählen kann. Die schönsten Werke der Menschheit sind unausweichlich voll des Leids. Wie ließe sich das Glück erzählen? Nur was es vorbereitet und was es zerstört, lässt sich berichten. – Und ich habe euch nun alles gesagt, was es vorbereitete.

Zweiter Teil

I

Wir kamen in den ersten Tagen des Juli in La Morinière an, nachdem wir uns in Paris nur so lange aufgehalten hatten, wie es für unsere Besorgungen und einige wenige Besuche unbedingt notwendig gewesen war.

La Morinière liegt, wie ich schon sagte, zwischen Lisieux und Pontl'Évêque, in der schattigsten, feuchtesten Landschaft, die ich kenne. Viele kleine, enge, sanft gewundene Täler münden nicht weit entfernt in das weite Tal von Auge, das gleichmäßig zum Meer hin abflacht. Kein Horizont; beschnittene Hecken voller Geheimnisse; vereinzelte Felder, aber vor allem Wiesen, weich hängende Weiden, deren dichtes Gras zweimal im Jahr gemäht wird, auf denen zahlreiche Apfelbäume, wenn die Sonne tief steht, ihre Schatten vereinen, auf denen die Herden frei weiden; in jeder Senke Wasser, ein Teich, Weiher oder Bach; ständig hört man es rieseln.

Ah, wie gut ich das Haus wiedererkannte! seine blauen Dächer, seine Mauern aus Ziegel und Stein, seine Gräben, den Widerschein der stehenden Gewässer ... Es war ein altes Haus, in dem man mehr als zwölf Personen hätte unterbringen können; Marceline, drei Dienstboten und ich, der zuweilen mithalf, hatten reichlich zu tun, einen Teil davon zu beleben. Unser alter Verwalter, der Bocage hieß, hatte schon einige Zimmer, so gut er es vermochte, herrichten lassen: Die alten Möbel erwachten aus ihrem zwanzigjährigen Schlaf; alles war so geblieben, wie meine Erinnerung es sah, die Täfelung kaum verdorben, die Zimmer bewohnbar, bequem. Zu unserem Empfang hatte Bocage alle Vasen, die er finden konnte, mit

Blumen gefüllt. Er hatte den großen Hof und die angrenzenden Alleen des Parks ausjäten und harken lassen. Als wir ankamen, fiel der letzte Sonnenstrahl auf das Haus, und aus dem Tal davor war ein regloser Dunst aufgestiegen, der den Fluss hier verschleierte, dort enthüllte. Schon bevor wir ankamen, erkannte ich auf einmal den Duft des Grases wieder; und als ich von Neuem die scharfen Schreie der Schwalben ums Haus kreisen hörte, stieg plötzlich die ganze Vergangenheit auf, als ob sie mich erwartet, mich erkannt hätte und sich über meiner Ankunft wieder verschließen wollte. Nach ein paar Tagen wurde das Haus fast behaglich; ich hätte mich an die Arbeit setzen können; ich zögerte, da ich noch immer allzu deutlich den Ruf der Vergangenheit vernahm und bald von einer allzu neuen Empfindung eingenommen wurde: Eine Woche nach unserer Ankunft vertraute mir Marceline an, sie sei schwanger. Von da an glaubte ich, ich schulde ihr neue Sorgfalt, sie habe ein Anrecht auf mehr Zärtlichkeit; wenigstens in der ersten Zeit nach ihrer vertrauten Mitteilung verbrachte ich also fast jeden Augenblick des Tages mit ihr. Wir setzten uns auf die Bank beim Gehölz, auf der ich einst mit meiner Mutter gesessen hatte; je lustvoller uns dort jeder Moment erschien, umso unmerklicher verrann die Stunde. Wenn sich von dieser Epoche meines Lebens keine deutliche Erinnerung abhebt, so nicht deshalb, weil ich mir davon ein weniger lebhaftes Wiedererkennen bewahrte, sondern weil sich alles zu einem gleichförmigen Wohlbehagen vereinigte und verschmolz, in dem sich der Abend fugenlos dem Morgen verband, die Tage sich ohne Überraschungen aneinanderknüpften.

Langsam nahm ich meine Arbeit wieder auf, mit ruhigem, bestimmtem, kraftvollem Geist, fasste die Zukunft gelassen und zuversichtlich ins Auge; mein besänftigter Wille lauschte gleichsam dem Rat dieser maßvollen Landschaft.

Kein Zweifel, dachte ich, dass das Beispiel dieser Landschaft, wo sich alles zur Frucht, zur nützlichen Ernte bereitet, auf mich den besten Einfluss haben müsse. Ich bewunderte die ruhige Zukunft, die diese kräftigen Ochsen, diese prallen Kühe auf den fetten Weiden versprachen. Die an den günstigen Hängen der Hügel aufgereihten Apfelbäume verhießen für diesen Sommer eine prachtvolle Ernte; ich träumte von der reichen Last der Früchte, unter der sich bald ihre Zweige biegen würden. Aus dieser geordneten Fülle, aus diesem freudigen Diensteifer, aus diesen lachenden Kulturen entstand eine nicht mehr zufällige, sondern gelenkte Harmonie, ein Rhythmus, eine zugleich menschliche und naturhafte Schönheit, wobei man nicht mehr wusste, welche man bewunderte, denn das fruchtbare Bersten der freien Natur und das kunstreiche Bemühen des Menschen, sie zu regeln, waren zu vollkommener Einheit geworden. Was wäre dieses Bemühen, dachte ich, ohne die wilde Kraft, die es beherrscht? Was wäre der ungebändigte Trieb dieser überquellenden Säfte ohne die tätige Intelligenz, die sie eindämmt und zu lachender Üppigkeit leitet. – Und ich überließ mich meinen Träumen, von einer Erde, wo alle Kräfte so gut geordnet wären, aller Aufwand so ausgeglichen, jeder Austausch so genau, dass der geringste Verlust spürbar würde; dann wandte ich meinen Traum aufs Leben an und erdachte mir eine Ethik, die zur Lehre der vollkommenen Auswertung des Ich durch eine kluge Beschränkung wurde.

Wohin verkroch sich, wo verbarg sich nun mein Ungestüm von gestern? Ich war so ruhig, als hätte es das nie gegeben. Die Flut meiner Liebe hatte es ganz überdeckt …

Indessen machte sich der alte Bocage eifrig um uns zu schaffen; er ordnete an, überwachte, beriet; man spürte bis zum Überdruss sein Bedürfnis, sich als unentbehrlich zu erweisen. Um ihn nicht zu kränken, musste man seine Rechnungen prüfen, des Langen seine endlosen Erklärungen anhören. Selbst das genügte ihm nicht; ich musste ihn auf die Felder begleiten. Seine geschraubte Biederkeit, sein ununterbrochenes Gerede, seine offensichtliche Selbstzufriedenheit und zur Schau gestellte Rechtschaffenheit brachten mich nach kurzer Zeit zur Verzweiflung; er wurde von Mal zu Mal aufdringlicher, und jedes Mittel wäre mir recht gewesen, um meine behagliche Ruhe zurückzuerobern – als ein unerwartetes Ereignis meiner Beziehung zu ihm einen anderen Charakter geben sollte: Bocage teilte mir eines Abends mit, er erwarte am folgenden Tag seinen Sohn Charles.

Ich sagte fast gleichgültig: »Ah!«, da ich mich bisher nicht viel um die Kinder gekümmert hatte, die Bocage haben mochte; dann sah ich, dass ihn meine Gleichgültigkeit kränkte, dass er ein Zeichen des Interesses und der Überraschung von mir erwartete, und fragte: »Wo war er denn bis jetzt?«

»Auf einem Mustergut bei Alençon«, antwortete Bocage.

»Er muss jetzt wohl etwa …«, fuhr ich fort und versuchte das Alter des Sohnes zu schätzen, von dessen Existenz ich bis dahin nichts gewusst hatte; dabei sprach ich so langsam, dass er Zeit fand, mich zu unterbrechen …

»Siebzehn Jahre«, erwiderte Bocage. »Er war nicht viel über vier Jahre alt, als Ihre Frau Mutter starb. Ah, jetzt ist er ein großer Bursche! Bald wird er mehr wissen als sein Vater.« Und nachdem Bocage einmal im Gang war, konnte ihn nichts mehr aufhalten, so deutlich sich auch mein Überdruss zeigte.

Am nächsten Tag dachte ich nicht mehr daran, als Charles, der eben angelangt war, am Abend kam, um Marceline und mir seine Aufwartung zu machen. Er war ein prachtvoller Kerl, so strotzend von Gesundheit, behände, wohlgestaltet, dass ihn der abscheuliche Stadtanzug, den er uns zu Ehren angelegt hatte, nicht allzu lächerlich machen konnte; seine schöne natürliche Röte wurde durch seine Schüchternheit kaum verstärkt. Er schien erst fünfzehn Jahre alt, so kindlich offen war sein Blick geblieben; er drückte sich klar aus, ohne falsche Scheu, und im Gegensatz zu seinem Vater vermied er nichtssagendes Gerede. Ich weiß nicht mehr, über was wir uns an diesem Abend unterhielten; da ich damit beschäftigt war, ihn anzusehen, fand ich ihm nichts zu sagen und ließ Marceline mit ihm sprechen. Aber am Tag darauf wartete ich zum ersten Mal nicht, bis der alte Bocage mich abholen kam, und ging selbst zum Pachthof hinauf, wo man, wie ich wusste, schon zu arbeiten begonnen hatte.

Es ging darum, einen Teich auszubessern. Dieser Teich, der so groß war wie ein Weiher, lief aus; man kannte die Stelle des Abflusses und wollte sie vermörteln. Dazu musste man den Teich zunächst entleeren, was seit fünfzehn Jahren nicht mehr geschehen war. Es wimmelte darin von Karpfen und Schleien; manche waren sehr groß und hielten sich stets am Grund auf. Meine Absicht war, etliche an das Wasser der Gräben umzugewöhnen und etliche den Arbeitern zu geben, sodass sich diesmal zur Arbeit ein vergnüglicher Fischzug gesellte, was schon das ungewöhnlich lebhafte Treiben auf dem Gutshof ankündigte; ein paar Kinder aus der Umgegend waren gekommen und hatten sich unter die Arbeiter gemischt. Selbst Marceline wollte ein wenig später zu uns stoßen. Das Wasser sank bereits seit Langem, als ich ankam. Zuweilen pflügte ein mächtiges Rauschen den Wasserspiegel, und die braunen Rücken unruhiger Fische schienen auf. In den Kuhlen am Rand fingen die herumpatschenden Kinder einen glänzenden Fisch, den sie in die mit klarem Wasser gefüllten Eimer warfen. Das Wasser des Teichs, das die aufgeregten Fische vollends trübten, war erdig und wurde mit jedem Augenblick undurchsichtiger. Es gab weit mehr Fische, als man zu hoffen gewagt hatte; vier Knechte versuchten, sie herauszufischen, indem sie aufs Geratewohl die Hand hineintauchten. Leider ließ Marceline auf sich warten, und ich entschloss mich eben, sie zu holen, als

Rufe die ersten Aale ankündigten. Sie ließen sich nicht greifen, entglitten den Fingern. Charles, der bisher am Ufer gestanden hatte, hielt es nicht mehr aus; er zog sich plötzlich die Schuhe aus, die Socken, legte seine Jacke und seine Weste ab, krempelte die Hose und die Hemdärmel hoch und stieg entschlossen in den Schlamm. Sofort tat ich es ihm nach.

»Na, Charles!«, schrie ich, »war das eine gute Idee, gestern nach Hause zu kommen?«

Er antwortete nichts, sah mich aber auflachend an, schon ganz mit seinem Fang beschäftigt. Gleich darauf rief ich ihn herbei, weil er mir helfen sollte, einen dicken Aal einzukreisen; gemeinsam fassten wir ihn mit unseren Händen ... Nach diesem kam ein anderer; der Schlamm klatschte uns ins Gesicht; zuweilen sanken wir plötzlich ein, und das Wasser stieg uns bis zu den Schenkeln; bald waren wir ganz durchnässt. Im Eifer des Spiels wechselten wir kaum ein paar Rufe, ein paar Sätze; aber zu Ende des Tages merkte ich, dass ich Charles duzte, ohne recht zu wissen, wann ich damit begonnen hatte. Diese gemeinsame Tat hatte uns mehr übereinander gelehrt, als es ein langes Gespräch hätte tun können. Marceline war noch nicht gekommen und kam auch nicht, aber schon bedauerte ich es nicht mehr; mir schien, sie hätte unsere Fröhlichkeit ein wenig gestört.

Gleich am nächsten Tag ging ich Charles auf dem Pachthof besuchen. Wir schlugen zusammen den Weg zum Gehölz ein.

Ich, der ich meine Ländereien kaum kannte und mich wenig bemühte, sie besser kennenzulernen, sah mit Staunen, dass Charles sie sehr gut kannte, ebenso wie die Höhe der Pachterträge. Er erklärte mir, was ich kaum ahnte, dass ich sechs Pächter hätte, dass ich sechzehn- bis achtzehntausend Francs Pachtgeld einnehmen könne, und wenn es bloß die Hälfte sei, so deshalb, weil fast alles für alle möglichen Reparaturen und Zwischenkredite draufgehe. Seine Art zu lächeln beim Betrachten der Pflanzungen ließ mich bald daran zweifeln, ob die Nutzung meiner Güter so vortrefflich sei, wie ich zunächst geglaubt hatte und wie Bocage es mir zu verstehen gab. Ich drängte Charles auf dieses Thema hin, und diese ganz praktische Intelligenz, die mich an Bocage aufbrachte, wusste mir an diesem Kind zu gefallen. Tag für Tag setzten wir unsere Spaziergänge fort; der Besitz war weitläufig, und als wir jede Ecke durchstöbert hatten, begannen wir mit mehr Methode von Neuem. Charles verbarg mir nicht den Ärger, der ihn beim Anblick gewisser schlecht bestellter Felder, von Ginster und Disteln überwucherter Flächen, saurer Wiesen überkam; er wusste mir seinen Hass auf das Brachland mitzuteilen und ließ mich mit ihm träumen von besser angelegten Kulturen.

»Aber«, sagte ich anfangs zu ihm, »wem schadet denn dieser unzulängliche Anbau? Doch allein dem Pächter, nicht wahr? Wenn auch der Ertrag des Hofes sich ändert, so ändert das nichts an der Höhe der Pacht.«

Charles erregte sich ein wenig: »Sie verstehen nichts davon«, erlaubte er sich zu antworten – und ich lächelte darauf. »Sie veranschlagen nur die Einkünfte und wollen nicht sehen, dass sich das Kapital vermindert. Wenn Ihre Ländereien ungenügend bearbeitet werden, verlieren sie langsam ihren Wert.«

»Wenn sie, besser bearbeitet, mehr einbringen könnten, würde sich der Pächter zweifellos die Mühe machen; ich halte ihn für zu eigennützig, als dass er nicht erntet, soviel er kann.«

»Sie rechnen«, fuhr Charles fort, »nicht mit der zusätzlichen Arbeit. Diese Felder liegen zum Teil weit von den Höfen entfernt. Wenn sie bebaut werden, bringen sie nichts oder fast nichts, aber sie veröden wenigstens nicht.«

Die Unterhaltung ging weiter. Bisweilen schienen wir auf unserem Gang durch die Felder eine Stunde lang dieselben Dinge wiederzukäuen; aber ich hörte zu und lernte ganz allmählich.

»Schließlich ist das alles die Sache deines Vaters«, sagte ich eines Tages ungeduldig. Charles errötete ein wenig.

»Mein Vater ist alt«, sagte er; »er hat schon genug damit zu tun, die Einhaltung der Pachtverträge, die Instandhaltung der Gebäude und den pünktlichen Eingang der Pachtgelder zu überwachen. Es ist nicht seine Aufgabe, hier zu reformieren.«

»Welche Reformen würdest du denn vorschlagen?«, fuhr ich fort. Aber da zog er sich zurück, behauptete, nichts davon zu verstehen; erst durch hartnäckiges Drängen brachte ich ihn dahin, sich zu erklären:

»Den Pächtern alle Felder nehmen, die sie brachliegen lassen«, riet er schließlich. »Wenn die Pächter einen Teil ihrer Felder unbebaut lassen, ist das ein Beweis dafür, dass sie mehr haben, als sie Ihnen bezahlen; oder das Pachtgeld erhöhen, wenn sie alles behalten wollen. – Sie sind alle faul in dieser Gegend«, fügte er hinzu. Von den sechs Pachthöfen, die mir offenbar gehörten, lag der, den ich am liebsten aufsuchte, auf dem Hügel, der La Morinière überragte; man nannte ihn La Valterie. Der Pächter, der ihn bewirtschaftete, war nicht unangenehm; ich plauderte gern mit ihm. Näher bei La Morinière lag ein anderer Pachthof, den man den »Schlosshof« hieß und der nach dem System der Halbpacht vermietet war, das Bocage in Abwesenheit des Gutsherrn zum Besitzer eines Teiles des Viehbestandes machte. Jetzt, da das Misstrauen geboren war, begann ich sogar den ehrlichen Bocage zu verdächtigen, wenn auch nicht mich selbst zu betrügen, so mich doch durch andere betrügen zu lassen. Freilich hatte man mir einen Pferde- und einen Kuhstall vorbehalten, aber bald schien es mir, als habe man sie nur ersonnen, damit der Pächter seine Kühe und Pferde mit meinem Heu und Hafer füttern könne. Von Zeit zu Zeit lieferte mir Bocage darüber die unwahrscheinlichsten Berichte, die ich mir bisher wohlwollend angehört hatte: Sterblichkeit, Missbildungen und Krankheiten, alles hatte ich hingenommen. Allerdings hatte ich es nicht für möglich gehalten, dass es genügte, dass eine der Kühe des Pächters krank wurde, um sie zu meiner Kuh zu machen, und dass eine meiner Kühe die Kuh des Pächters wurde, sobald es ihr sehr gut ging. Doch ein paar unvorsichtige Bemerkungen von Charles und ein paar eigene Beobachtungen begannen mich aufzuklären; war mein Verstand einmal gewarnt, so begriff er schnell.

Marceline, die ich unterrichtete, prüfte peinlichst alle Rechnungen, konnte aber keinen Fehler entdecken; hier fand Bocages Rechtschaffenheit eine Zuflucht. – Was tun? – Weitermachen. – Aber wenigstens überwachte ich jetzt, insgeheim aufgeschreckt, das Vieh, ohne es jedoch zu sehr merken zu lassen.

Ich besaß vier Pferde und zehn Kühe; das war genug, um mich weidlich zu belasten. Unter meinen vier Pferden war eines, das man das »Fohlen« nannte, obwohl es bereits über drei Jahre alt war; man ging jetzt daran, es zuzureiten; ich begann mich dafür zu interessieren, als man mir eines schönen Tages erklärte, dass es völlig unlenkbar sei, dass man niemals etwas daraus machen könne und dass ich mich am besten seiner entledigen solle. Als ob ich daran hätte zweifeln wollen, hatte man es das Vorderteil eines kleinen Karrens zertrümmern und sich dabei die Fesseln blutig stoßen lassen.

Es kostete mich an diesem Tag Mühe, meine Ruhe zu bewahren, und nur Bocages Verlegenheit hielt mich zurück. Letztlich war es bei ihm eher Schwäche als böser Wille, dachte ich, Schuld haben die Knechte; aber sie fühlten sich nicht beaufsichtigt.

Ich trat auf den Hof hinaus, um mir das Füllen anzusehen. Ein Knecht, der es eben geschlagen hatte, streichelte es, sobald er mich kommen hörte; ich tat, als hätte ich nichts gesehen. Ich verstand nicht sehr viel von Pferden, aber dieses Fohlen schien mir schön; es war ein hellbraunes Halbblut mit bemerkenswert schlanken Formen; es hatte ein sehr lebhaftes Auge, und Schweif und Mähne waren fast blond. Ich überzeugte mich, dass es nicht verletzt war, verlangte, dass man ihm die Schürfungen verband, und ging davon, ohne ein Wort hinzuzufügen.

Als ich am Abend Charles wiedersah, versuchte ich zu erfahren, was er von dem Fohlen hielt.

»Ich halte es für sehr sanft«, sagte er, »aber sie wissen es nicht zu nehmen; sie werden es Ihnen bockig machen.«

»Wie würdest du es denn nehmen?«

»Will Monsieur es mir auf acht Tage anvertrauen? Ich stehe dafür ein.«

»Und was wirst du damit machen?«

»Sie werden sehen ...«

Am nächsten Tag brachte Charles das Fohlen auf ein abgelegenes Wiesenstück, das ein herrlicher Nussbaum beschattete und der Bach eingrenzte; von Marceline begleitet, ging ich hin. Es ist eine meiner lebhaftesten Erinnerungen. Charles hatte das Fohlen mit einer mehrere Meter langen Leine an einen fest in den Boden gerammten Pfahl gebunden. Das aufgeregte Fohlen hatte anscheinend eine Zeit lang wild um sich geschlagen; einsichtig, müde geworden, lief es jetzt ruhiger im Kreis; sein Trab war überraschend geschmeidig, hübsch anzusehen und verführerisch wie ein Tanz. Charles, inmitten des Kreises, wich bei jeder Runde der Leine mit einem raschen Sprung aus. Er trieb das Fohlen an und beruhigte es mit seiner Stimme; in der Hand hielt er eine große Peitsche, aber ich sah ihn sie nicht benutzen. Alles in seiner Miene und in seinen Gesten, durch seine Jugend und seine Fröhlichkeit, verlieh dieser Arbeit den schönen, glühenden Ausdruck des Vergnügens. Plötzlich, ich weiß nicht, wie, bestieg er das Tier; es hatte seinen Gang verlangsamt, dann war es stehen geblieben; er hatte es ein wenig gestreichelt, dann sah ich ihn plötzlich auf dem Pferd, seiner sicher, sich kaum an der Mähne haltend, lachend, vorgebeugt, immer noch streichelnd. Das Fohlen hatte nur einen Augenblick ausgeschlagen; jetzt nahm es seinen gleichmäßigen Trab wieder auf, so schön, so geschmeidig, dass ich Charles beneidete und es ihm sagte.

»Noch ein paar Tage Dressur, und der Sattel wird es nicht mehr kitzeln; in zwei Wochen wird Madame selbst es wagen hinaufzusteigen: Es wird so sanft werden wie ein Lämmchen.«

Er hatte recht; wenige Tage später ließ sich das Pferd zutraulich streicheln, aufzäumen, führen; und sogar Marceline hätte es bestiegen, wenn ihr Zustand diese Übung erlaubt hätte.

»Monsieur sollte ihn erproben«, sagte Charles zu mir.

Das hätte ich nie allein getan; aber Charles schlug vor, für sich ein anderes Pferd des Guts zu satteln; die Freude, ihn zu begleiten, riss mich mit.

Wie dankbar war ich meiner Mutter, dass sie mich während meiner Kindheit in die Reitbahn geführt hatte! Die ferne Erinnerung an diese ersten Lektionen half mir. Ich fühlte mich nicht allzu überrascht, auf einem Pferd zu sitzen; nach wenigen Augenblicken war ich ohne jede Furcht und ganz munter. Charles bestieg ein Pferd, das schwerer war, ohne Rasse, aber nicht unangenehm anzusehen; vor allem ritt Charles es gut. Wir machten es uns zur Gewohnheit, jeden Tag ein wenig auszureiten; am liebsten brachen wir am frühen Morgen auf; durch das taufrische Gras ritten wir bis an den Rand des Waldes; tropfende Haselnusssträucher, die wir beim Vorüberreiten streiften, durchnässten uns; plötzlich öffnete sich der Horizont; es war das weite Tal von Auge; in der Ferne ahnte man das Meer. Wir verhielten einen Augenblick, ohne abzusteigen; die aufsteigende Sonne färbte, teilte, zerstreute die Nebel; dann ritten wir in scharfem Trab zurück; wir machten halt auf dem Gutshof; das Tagwerk hatte kaum begonnen;

wir genossen die stolze Freude, den Arbeitern voraus, Herr über sie zu sein; dann verließen wir sie eilig; ich kehrte in dem Augenblick auf La Morinière zurück, da Marceline aufstand.

Berauscht von der Luft, betäubt vom schnellen Ritt, die Glieder ein wenig taub vor lustvoller Ermattung, den Geist voll Gesundheit, Appetit und Frische kehrte ich ins Haus zurück. Marceline billigte, ermutigte mein Herumschweifen. Wenn ich, noch in Gamaschen, hereintrat, brachte ich an das Bett, in dem sie auf mich wartete, den Duft nasser Blätter, der ihr gefiel. Und sie hörte mir zu, wenn ich ihr von unserem Ritt erzählte, vom Erwachen der Felder, vom Beginn der Arbeit ... Es schien, als bereite es ihr ebenso viel Freude, mich leben zu sehen, wie selbst zu leben. – Bald missbrauchte ich auch diese Freude; unsere Ausritte wurden länger, und gelegentlich kam ich erst gegen Mittag zurück.

Indessen hielt ich mir nach besten Kräften den Schluss des Tages und den Abend frei für die Vorbereitung meiner Vorlesungen. Meine Arbeit ging voran; ich war damit zufrieden, und es schien mir nicht unmöglich, dass sich später die Mühe lohnen werde, die Vorlesungen zu einem Band zu vereinigen. Während sich mein Leben ordnete, regelte und es mir gefiel, um mich herum alles zu ordnen und zu regeln, begeisterte ich mich – in einer Art natürlicher Reaktion – immer mehr für die raue Ethik der Goten, und während ich mich im Verlauf meines Kollegs mit einem Wagemut, den man mir in der Folge oft vorwarf, darum bemühte, die Kulturlosigkeit emporzuloben und deren Apologie aufzubauen, ließ ich nichts unversucht, alles, was um mich herum oder in mir an sie erinnern könnte, zu beherrschen oder gar zu unterdrücken. Wie weit würde ich diese Weisheit, oder diese Torheit, noch treiben? Zwei meiner Pächter, deren Pachtvertrag zu Weihnachten ablief und die ihn zu verlängern wünschten, suchten mich auf; es ging darum, gemäß dem Brauch ein Papier, das sogenannte »Pachtversprechen«, zu unterschreiben. Bestärkt durch Charles' Versicherungen und aufgereizt durch die täglichen Gespräche mit ihm, erwartete ich entschlossen die Pächter. Bestärkt durch den Glauben, dass ein Pächter schwer zu ersetzen sei, forderten sie zuerst eine Verminderung der Pachtsumme. Umso größer war ihre Verblüffung, als ich ihnen das von mir selbst aufgesetzte »Pachtversprechen« vorlas, in dem ich mich nicht nur weigerte, ihr Pachtgeld zu ermäßigen, sondern ihnen überdies bestimmte Felder abnahm, von denen sie, wie ich gesehen hatte, keinen Gebrauch machten. Sie nahmen es zunächst scheinbar lachend auf: Ich scherzte. Was wollte ich mit diesen Feldern anfangen? Sie waren nichts wert; wenn sie nichts daraus machten, so deshalb, weil sich nichts daraus machen ließ ... Als sie sahen, dass es mir ernst damit war, versteiften sie sich; auch ich versteifte mich. Sie glaubten mich einschüchtern zu können, indem sie mir mit ihrem Abzug drohten. Ich hatte nur darauf gewartet und sagte zu ihnen:

»Nun gut! Gehen Sie, wenn Sie wollen! Ich werde Sie nicht zurückhalten.« Ich nahm die Pachtversprechen und zerriss sie vor ihren Augen.

So hatte ich also jetzt mehr als hundert Hektar am Hals. Schon seit einiger Zeit plante ich, Bocage die Oberleitung anzuvertrauen, wohl mit dem Gedanken, dass ich sie damit indirekt Charles übertrüge; auch hatte ich die Absicht, mich selbst darum zu kümmern; übrigens überlegte ich nicht viel: Gerade das Risiko des Unternehmens reizte mich. Die Pächter würden erst zu Weihnachten ausziehen; bis dahin konnten wir uns immer noch anders besinnen. Ich erzählte es Charles; seine Freude missfiel mir sogleich; er konnte sie nicht verbergen; sie zeigte mir seine allzu große Jugend noch deutlicher. Die Zeit drängte schon; wir waren in jener Jahreszeit, da die ersten Ernten die Felder für das erste Pflügen freimachten. Nach den geltenden Bestimmungen gingen die Arbeiten des ausziehenden und die des neuen Pächters nebeneinanderher, sodass der erstere sein Gut Stück für Stück abgibt, sobald die Ernten eingebracht sind. Ich fürchtete wie eine Art Rache die Feindseligkeit der zwei gekündigten Pächter; es beliebte ihnen im Gegenteil, mir gegenüber echte Gefälligkeit zu heucheln (erst später erfuhr ich, welchen Vorteil sie daraus zogen). Ich nutzte sie, um von morgens bis abends auf ihren Feldern herumzulaufen, die bald an mich zurückfallen sollten. Der Herbst begann; man musste mehr Leute einstellen, um das Pflügen und das Säen voranzutreiben; wir hatten Eggen, Walzen, Pflüge gekauft; ich ritt umher, überwachte, leitete die Arbeiten und fand Gefallen am Befehlen, am Herrschen. Unterdessen ernteten die Pächter auf den benachbarten Wiesen die Äpfel; sie fielen, rollten im dichten Gras, so reichlich wie in keinem anderen Jahr; die Arbeiter konnten sie nicht bewältigen; es kamen welche aus den benachbarten Dörfern; man dingte sie für acht Tage; Charles und ich vergnügten uns gelegentlich damit, ihnen zu helfen. Die einen schüttelten die Zweige, um die späten Früchte zum Fallen zu bringen; die von selbst heruntergefallenen, überreifen, oft angestoßenen und im hohen Gras zerquetschten Früchte sammelte man getrennt; man konnte nicht gehen, ohne darauf zu treten. Ein scharfer, süßlicher Geruch stieg von der Wiese auf und mischte sich mit dem der Äcker.

Der Herbst schritt voran. Die Morgen der letzten schönen Tage sind die klarsten, die frischesten. Zuweilen färbte die feuchte Luft die Ferne bläulich, rückte sie weiter weg, machte aus einem Spaziergang eine Reise; das Land schien größer geworden; zuweilen dagegen wirkte der Horizont in der ungewohnt durchsichtigen Luft ganz nah; man hätte ihn mit einem Flügelschlag erreicht; und ich weiß nicht, was mich mit mehr Sehnsucht erfüllte. Meine Arbeit war fast vollendet; wenigstens behauptete ich das, damit es mir leichter fiel, mich von ihr zu trennen. Die Zeit, die ich nicht auf dem Pachthof war, verbrachte ich bei Marceline. Zusammen gingen wir in den Garten, wanderten langsam umher, sie matt und schwer auf meinen Arm gestützt; dann setzten wir uns auf eine Bank, von der aus man das kleine Tal überblickte, das der Abend mit Licht erfüllte. Sie hatte eine zärtliche Art, sich an meine Schulter zu lehnen; und so blieben wir bis zum Abend und fühlten in uns den Tag vergehen, ohne Worte, ohne Gesten ... Mit wie viel Schweigen wusste sich unsere Liebe schon zu umhüllen! Es war, weil die Liebe Marcelines bereits stärker war als die Worte, um sie auszudrücken, und weil mich diese Liebe manchmal mit Angst erfüllte. Wie manchmal ein Hauch ein sehr ruhiges Wasser kräuselt, so ließ sich von ihrer Stirn die flüchtigste Empfindung ablesen; in sich hörte sie geheimnisvoll ein neues Leben zittern; ich beugte mich über sie wie über ein tiefes, klares Wasser, in dem man, so weit man sah, nichts sah als Liebe. Ah! Wenn das noch Glück war, so weiß ich, dass ich es von da an halten wollte, wie man mit zusammengefassten Händen vergeblich ein zerrinnendes Wasser zu halten sucht; aber schon fühlte ich neben dem Glück etwas anderes als das Glück, was meine Liebe wohl färbte, aber herbstlich färbte.

Der Herbst schritt voran. Das Gras war jeden Morgen nasser und trocknete nicht mehr am Saum des Waldes; im ersten Morgengrauen war es weiß. Die Enten auf den Wassergräben schlugen mit den Flügeln; sie waren in wildem Aufruhr; bisweilen sah man sie auffliegen und mit lautem Schrei eine taumelnde Runde drehen um La Morinière. Eines Morgens sahen wir sie nicht mehr; Bocage hatte sie eingesperrt. Charles erklärte mir, dass man sie jeden Herbst zur Zeit der Vogelzüge einsperre. Und wenige Tage darauf schlug das Wetter um. Eines Abends kam plötzlich ein starker Wind auf, ein mächtiger, geballter Meeresatem, der den Regen des Nordens mit sich brachte und die Zugvögel entführte. Schon der Zustand Marcelines, die Sorge um eine neue Bleibe, die ersten Pflichten meines Kollegs hätten uns in die Stadt zurückgerufen. Die schlechte Jahreszeit, die früh einsetzte, vertrieb uns.

Die Arbeiten auf dem Pachthof sollten mich allerdings im November noch einmal hinführen. Ich war sehr ärgerlich gewesen, als ich von Bocages Plänen für den Winter erfuhr; er äußerte den Wunsch, Charles auf das Mustergut zurückzuschicken, wo er, wie er meinte, noch allerhand zu lernen habe; ich sprach lange mit ihm, brachte alle Argumente vor, die mir einfielen, konnte ihn jedoch nicht umstimmen; höchstens wollte er die Ausbildungszeit ein wenig abkürzen, damit Charles etwas früher zurückkommen könnte. Bocage verheimlichte mir nicht, dass die Bewirtschaftung der beiden Pachthöfe nur mit großer Mühe zu schaffen sei; aber er teilte mir mit, er habe zwei sehr zuverlässige Bauern im Auge, die er unter seine Aufsicht zu stellen gedenke. Das seien beinahe Pächter, beinahe Halbpächter, beinahe Knechte; die Sache sei für die Gegend zu neu, als dass er sich Gutes davon versprechen könne; aber, sagte er, ich hätte es ja gewollt. – Diese Unterredung fand Ende Oktober statt. In den ersten Tagen des November kehrten wir nach Paris zurück.

II

Wir richteten uns in der Rue S. ein, in der Nähe von Passy. Die Wohnung, die uns einer der Brüder von Marceline vermittelt hatte und die wir bei unserem letzten Aufenthalt in Paris hatten besichtigen können, war sehr viel größer als jene, die mir mein Vater hinterlassen hatte, und Marceline beunruhigte sich ein wenig, nicht nur über die höhere Miete, sondern auch über all die anderen Ausgaben, zu denen wir uns verleiten lassen würden. Allen ihren Befürchtungen setzte ich ein gespieltes Grausen vor dem Provisorischen entgegen; ich zwang mich selbst, daran zu glauben, und übertrieb es absichtlich. Sicher würden die verschiedenen Ausgaben für die Einrichtung unser Einkommen in diesem Jahr übersteigen, aber unser schon jetzt sehr schönes Vermögen sollte sich noch vergrößern; dabei rechnete ich auf mein Kolleg, auf die Veröffentlichung meines Buches und sogar – welche Torheit! – auf den neuen Ertrag meiner Pachthöfe. Ich hielt mich also vor keiner Ausgabe zurück, sagte mir bei jeder, sie binde mich noch mehr, und trachtete dadurch zugleich jede unstete Laune zu unterdrücken, die ich in mir fühlen konnte oder zu fühlen fürchtete.

In den ersten Tagen verging unsere Zeit vom Morgen bis zum Abend mit Besorgungen; und obgleich sich der Bruder von Marceline später sehr liebenswürdig anbot, uns einige abzunehmen, fühlte sich Marceline doch schon bald sehr ermüdet. Dann musste sie, statt sich auszuruhen, was ihr so nötig gewesen wäre, sobald wir eingerichtet waren, Besuch auf Besuch empfangen; die Entfernung, in der wir bisher gelebt hatten, ließ sie jetzt anbranden, und Marceline, an Gesellschaft nicht gewöhnt, wusste sie weder abzukürzen, noch wagte sie ihre Tür zu verschließen; am Abend fand ich sie erschöpft; und wenn ich mich auch nicht beunruhigte über eine Ermüdung, deren natürliche Ursache ich kannte, so bemühte ich mich zumindest, sie zu verringern, indem ich häufig an ihrer Stelle Besuche empfing, was mir wenig Spaß machte, und bisweilen auch erwiderte, was mir noch weniger Spaß machte.

Ich hatte mich nie auf glänzende Konversation verstanden; die Frivolität der Salons, ihr Esprit, ist etwas, worin ich mir nicht gefallen konnte; ich hatte wohl früher in einigen verkehrt – aber wie weit lag diese Zeit zurück! Was war seitdem geschehen? Ich fühlte mich unter den andern trübe, traurig, verdrießlich, lästig und belästigt zugleich … Durch ein seltsames Missgeschick wart ihr, die ich schon damals als meine einzigen wahren Freunde ansah, nicht in Paris und solltet für lange Zeit nicht dahin zurückkehren. Hätte ich mich mit euch besser verständigen können? Hättet ihr mich vielleicht besser verstanden als ich mich selbst? Aber was wusste ich von all dem, was in mir wuchs und was ich euch heute berichte? Die Zukunft schien mir ganz gesichert, und niemals glaubte ich sie besser zu meistern.

Und selbst wenn ich scharfsichtiger gewesen wäre, welchen Rückhalt gegen mich selbst hätte ich bei Hubert, Didier, Maurice und so vielen anderen finden können, die ihr kennt und beurteilt wie ich. Ich erkannte, leider, sehr rasch, dass es unmöglich war, mich ihnen verständlich zu machen. Schon bei den ersten Gesprächen, die wir führten, sah ich mich gleichsam von ihnen gezwungen, eine falsche Persönlichkeit vorzuspielen, dem zu gleichen, der ich nach ihrer Meinung geblieben war, wenn ich nicht als Heuchler erscheinen wollte; und aus Bequemlichkeit tat ich also, als hätte ich die Gedanken und Neigungen, die man mir verlieh. Man kann nicht gleichzeitig aufrichtig sein und es scheinen.

Etwas angenehmer waren mir die Leute meines Faches, die Archäologen und Philologen, doch fand ich im Gespräch mit ihnen kaum mehr Vergnügen und nicht mehr Anregung, als wenn ich in guten historischen Handbüchern blätterte. Ganz zu Anfang hoffte ich, dass ich bei einigen Romanschreibern und Dichtern ein unmittelbareres Verständnis des Lebens fände; aber wenn sie dieses Verständnis besaßen, muss man gestehen, dass sie es kaum zeigten; es schien mir, als lebten die meisten nicht, begnügten sich mit dem Anschein zu leben und hätten das Leben um ein Weniges als ärgerliche Behinderung des Schreibens angesehen. Und ich konnte sie dafür nicht tadeln; und ich behaupte nicht, dass der Irrtum nicht bei mir lag … Was verstand ich übrigens unter: leben? – Genau darüber wollte ich belehrt werden. – Die einen und die andern plauderten gewandt über die verschiedenen Ereignisse des Lebens, doch nie über das, was sie verursacht.

Was ich von den wenigen Philosophen zu erwarten hatte, deren Aufgabe es gewesen wäre, mich aufzuklären, wusste ich seit Langem; ob Mathematiker oder Neokritizisten, sie hielten sich von der beunruhigenden Wirklichkeit so fern wie möglich und kümmerten sich nicht mehr um sie als der Algebraiker um die Existenz der Größen, die er misst.

Zurück bei Marceline, verbarg ich ihr die Langeweile nicht, die diese Gesellschaft mir bereitete.

»Sie gleichen sich alle«, sagte ich zu ihr. »Jeder ist eine sinnlose Wiederholung. Wenn ich mit einem spreche, scheint mir, ich rede mit mehreren.«

»Aber, mein Freund«, antwortete Marceline, »du kannst nicht von jedem verlangen, dass er sich von allen anderen unterscheidet.«

»Je mehr sie einander gleichen, umso mehr unterscheiden sie sich von mir.«

Und dann sprach ich trauriger weiter:

»Keiner hat es verstanden, krank zu sein. Sie leben, sehen aus, als lebten sie und wüssten nicht, dass sie leben. Übrigens lebe auch ich nicht mehr, seit ich in ihrer Nähe bin. Was habe ich zum Beispiel heute getan? Schon um neun Uhr habe ich dich verlassen müssen; ehe ich wegging, habe ich kaum Zeit gehabt, ein wenig zu lesen; das ist der einzige gute Moment des Tages. Dein Bruder erwartete mich beim Notar, und nach dem Notar hat er mich nicht mehr freigegeben; ich musste mit ihm zum Tapezierer; er belästigte mich beim Schreiner, und erst bei Gaston habe ich ihn verlassen; ich habe im Quartier mit Philippe zu Mittag gegessen, dann traf ich Louis, der mich im Café erwartete: Mit ihm habe ich mir die alberne Vorlesung von Théodore angehört, den ich beim Hinausgehen dazu beglückwünschte; um seine Einladung zum Sonntag ablehnen zu können, musste ich ihn zu Arthur begleiten; mit Arthur habe ich eine Ausstellung von Aquarellen besucht, habe Karten bei Albertine und Julie hinterlassen ... Ermüdet komme ich nach Hause und finde dich ebenso erschöpft wie mich, durch die Besuche von Adeline, Marthe, Jeanne und Sophie ... Und wenn ich jetzt, am Abend, die Tätigkeiten von heute überdenke, so scheint mir mein Tag so sinnlos und leer, dass ich ihn im Flug wieder einfangen möchte, ihn Stunde um Stunde neu beginnen, dass ich zum Weinen betrübt bin.«

Ich hätte jedoch weder sagen können, was ich unter *leben* verstand, noch ob der Geschmack, den ich an einem weiträumigeren und luftigeren Leben gefunden hatte, einem weniger beschränkten und um die andern besorgten, nicht das einfache Geheimnis meines Unbehagens war. Dieses Geheimnis schien mir allerdings sehr viel dunkler: das Geheimnis einer Auferstehung, dachte ich, denn ich blieb ein Fremder unter den andern, wie einer, der von den Toten zurückkehrt. Anfangs fühlte ich nur eine ziemlich schmerzliche Verwirrung; aber bald trat eine sehr neue Empfindung zutage. Ich versichere euch, dass ich bei der Veröffentlichung meiner Arbeiten, die mir so viel Lob einbrachten, keinerlei Stolz empfunden hatte. War das jetzt Stolz? Vielleicht; aber wenigstens mischte sich keine Spur von Eitelkeit hinein. Es war zum ersten Mal das Bewusstwerden meines eigenen Wertes: Was mich von den anderen trennte, von ihnen unterschied, war wichtig; was niemand anders als ich sagte und sagen konnte, das hatte ich zu sagen.

Bald darauf begann mein Kolleg; da mich das Thema mitriss, erfüllte ich meine erste Vorlesung ganz mit meiner neuen Leidenschaft. Bei der Behandlung der letzten Phase der römischen Zivilisation schilderte ich die künstlerische Kultur, die aus dem Volk aufsteigt wie eine Absonderung, die zuerst Reichtum, überströmende Gesundheit ankündigt, dann erstarrt, hart wird, sich jedem vollkommenen Kontakt des Geistes mit der Natur widersetzt, unter dem beharrlichen Anschein von Leben die Minderung des Lebens verbirgt und eine Hülle formt, unter welcher der eingeengte Geist erschlafft, bald verkümmert und dann abstirbt. Schließlich trieb ich meinen Gedanken noch weiter und behauptete, die aus dem Leben geborene Kultur töte das Leben.

Die Historiker tadelten meinen Hang zu allzu raschen Verallgemeinerungen. Andere tadelten meine Methode; und die, welche mir Komplimente machten, hatten mich am wenigsten verstanden.

Als ich nach meiner Vorlesung hinausging, sah ich Ménalque zum ersten Mal wieder. Ich hatte nie viel mit ihm verkehrt, und kurze Zeit vor meiner Heirat war er zu einer jener entlegenen Forschungsreisen aufgebrochen, die ihn uns manchmal für mehr als ein Jahr entzogen. Früher gefiel er mir wenig; er schien stolz und interessierte sich nicht für mein Leben. Ich war daher erstaunt, als ich ihn in meiner ersten Vorlesung sah. Selbst seine Arroganz, die mich anfangs von ihm fernhielt, gefiel mir, und das Lächeln, das er mir schenkte, schien mir umso liebenswürdiger, als ich wusste, wie selten es war. Vor Kurzem hatte ein unsinniger, ein schmachvoller Skandalprozess den Zeitungen willkommene Gelegenheit gegeben, ihn mit Schmutz zu bewerfen; jene, die seine Geringschätzung und Überlegenheit verletzt hatten, nutzten diesen Vorwand für ihre Rache; und am meisten erregte es sie, dass ihn das nicht zu bekümmern schien.

»Man muss«, antwortete er auf die Beschimpfungen, »die andern recht haben lassen, denn das tröstet sie darüber, dass sie sonst nichts haben.«

Aber die »gute Gesellschaft« entrüstete sich, und jene, die

»sich achteten«, glaubten sich von ihm abwenden und ihm so seine Verachtung heimzahlen zu müssen. Das war für mich ein Grund mehr: Durch einen geheimen Einfluss zu ihm hingezogen, ging ich auf ihn zu und umarmte ihn freundschaftlich vor allen.

Als sie sahen, mit wem ich mich unterhielt, zogen sich die letzten Zudringlichen zurück; ich blieb mit Ménalque allein.

Nach den ärgerlichen Kritiken und den törichten Komplimenten waren seine wenigen Worte zum Thema meines Kollegs eine Erholung für mich.

»Sie verbrennen hinter sich, was sie bewundert haben«, sagte er. »Das ist gut. Sie haben spät damit angefangen, aber die Flamme wird umso besser genährt. Ich weiß noch nicht, ob ich Sie recht verstehe; Sie machen mich neugierig. Ich plaudere nicht gerne, aber mit Ihnen möchte ich plaudern. Essen Sie doch mit mir heute zu Abend.«

»Lieber Ménalque«, antwortete ich ihm, »Sie scheinen zu vergessen, dass ich verheiratet bin.«

»Ja, das stimmt«, erwiderte er; »nach der herzlichen Offenheit, mit der Sie mich anzusprechen wagten, hatte ich Sie für ungebundener gehalten.«

Ich fürchtete, ihn verletzt zu haben, mehr noch, schwach zu scheinen, und sagte ihm, dass ich nach dem Abendessen zu ihm kommen würde.

Immer unterwegs, wohnte Ménalque auch in Paris im Hotel. Er hatte sich für diesen Aufenthalt mehrere Räume als Appartement herrichten lassen; er verfügte dort über seine Dienstboten, aß für sich, lebte für sich, hatte über die Wände, über die Möbel, deren geschmacklose Hässlichkeit ihm ins Auge stach, einige Tücher von hohem Wert gebreitet, die er aus Nepal mitgebracht hatte und, wie er sagte, erst einschmutzen wollte, ehe er sie einem Museum anbot. Ich hatte mich so sehr beeilt, zu ihm zu kommen, dass ich ihn, als ich eintrat, noch bei Tisch überraschte; und als ich mich entschuldigte, dass ich ihn beim Essen störte, sagte er:

»Aber ich habe nicht die Absicht, es zu unterbrechen, und rechne damit, dass Sie es mich zu Ende bringen lassen. Wenn Sie zum Abendessen gekommen wären, hätte ich Ihnen Schiraz angeboten, jenen Wein, den Hafis besang, aber jetzt ist es zu spät; man muss nüchtern sein, um ihn zu trinken; nehmen Sie wenigstens einen Likör?« Ich nahm an, da ich glaubte, dass auch er einen trinken würde; als ich sah, dass man nur ein Glas brachte, war ich überrascht. »Entschuldigen Sie mich«, sagte er, »aber ich trinke fast nie.«

»Fürchten Sie, betrunken zu werden?«

»Oh!«, entgegnete er, »im Gegenteil! Aber ich halte die Nüchternheit für einen mächtigeren Rausch; dabei behalte ich meine Klarheit.«

»Und den anderen schenken Sie zu trinken ein ...«

Er lächelte.

»Ich kann nicht«, sagte er, »von jedem meine Tugenden fordern. Es ist schon schön, wenn ich in ihnen meine Laster wiederfinde.«

»Rauchen Sie wenigstens?«

»Genauso wenig. Das ist ein unpersönlicher, negativer Rausch, der zu leicht erobert wird; ich suche im Rausch eine Steigerung, nicht eine Minderung des Lebens. – Doch lassen wir das. Wissen Sie, woher ich komme? – Aus Biskra. – Nachdem ich erfahren hatte, dass Sie dort gewesen waren, wollte ich nach Ihren Spuren suchen. Was hatte er denn in Biskra zu schaffen, dieser blinde Gelehrte, dieser Leser? – Ich bin gewöhnlich nur diskret in dem, was man mir anvertraut; in dem, was ich von selbst erfahre, kennt meine Neugier, ich gestehe es, keine Grenzen. Ich habe also überall, wo ich konnte, gesucht, gestöbert, gefragt. Meine Indiskretion hat mir genützt, da sie mir den Wunsch eingegeben hat, Sie wiederzusehen; da ich weiß, dass ich anstelle des Gelehrten aus Gewohnheit, den ich vor Kurzem noch in Ihnen sah, jetzt etwas sehen muss … das Sie mir erklären sollten.«

Ich fühlte, dass ich errötete.

»Was haben Sie denn über mich erfahren, Ménalque?«

»Wollen Sie es wissen? Aber haben Sie doch keine Angst! Sie kennen Ihre und meine Freunde gut genug, um zu wissen, dass ich mit niemandem über Sie sprechen kann. Sie haben doch gesehen, wie Ihr Kolleg verstanden wurde!«

»Aber«, sagte ich mit leichter Ungeduld, »noch beweist mir nichts, dass ich mit Ihnen besser reden kann als mit den andern. Los! was haben Sie über mich erfahren?«

»Zunächst, dass Sie krank gewesen waren.«

»Aber das hat nichts …«

»Oh! das ist schon sehr wichtig. Dann hat man mir erzählt, dass Sie gern allein ausgegangen seien, ohne Buch (und da habe ich mich zu wundern begonnen), oder wenn nicht allein, dann lieber von den Kindern begleitet als von Ihrer Frau … Erröten Sie doch nicht, sonst erzähle ich Ihnen nicht weiter.«

»Erzählen Sie, ohne mich anzusehen.«

»Einer der Knaben – er hieß Moktir, wenn ich mich recht entsinne –, schön wie nur wenige, Dieb und Betrüger wie kein anderer, hatte mir anscheinend viel zu sagen; ich gewann mir, erkaufte mir sein Zutrauen, was, wie Sie wissen, nicht einfach ist, denn ich glaube, er log auch dann noch, wenn er behauptete, er lüge nicht … Sagen Sie mir doch, ob das wahr ist, was er mir von Ihnen erzählt hat.«

Unterdessen hatte sich Ménalque erhoben und einem Schubfach eine kleine Schachtel entnommen, die er öffnete.

»Gehörte diese Schere Ihnen?«, sagte er, während er mir etwas Unförmiges, Verrostetes, Abgestumpftes, Verbogenes hinhielt; ich konnte jedoch ohne Mühe die kleine Schere wiedererkennen, die mir Moktir entwendet hatte.

»Ja, das ist sie, sie gehörte meiner Frau.«

»Er behauptete, sie Ihnen weggenommen zu haben, als Sie eines Tages allein mit ihm im Zimmer waren und den Kopf wegdrehten; aber das ist nicht das Interessante; er behauptete, in dem Augenblick, da er sie in seinem Burnus verbarg, habe er bemerkt, dass Sie ihn im Spiegel beobachteten, und habe Ihren widergespiegelten Späherblick ertappt. Sie hatten den Diebstahl gesehen, und Sie haben nichts gesagt! Moktir war von diesem Schweigen sehr überrascht ... ich auch.«

»Ich bin es nicht minder über das, was Sie mir erzählen. Wie! er wusste also, dass ich ihn ertappt hatte!«

»Das ist nicht das Wichtige; Sie wollten ein feines Spiel treiben; bei diesem Spiel prellen uns solche Kinder immer. Sie glaubten, Sie hätten ihn erwischt, und er hatte Sie ... Das ist nicht das Wichtige. Erklären Sie mir Ihr Schweigen.«

»Ich wünschte, man erklärte es mir.«

Eine Zeit lang sprachen wir kein Wort. Ménalque, der im Zimmer hin und her ging, zündete sich zerstreut eine Zigarette an und warf sie gleich wieder weg.

»Darin«, meinte er, »liegt ein ›Sinn‹, wie die andern sagen, ein ›Sinn‹, der Ihnen, lieber Michel, zu fehlen scheint.«

»Vielleicht der ›Sinn für die Moral‹«, sagte ich und zwang mich zu lächeln.

»Oh! ganz einfach der für das Eigentum.«

»Ich habe nicht den Eindruck, dass Sie ihn selbst sehr ausgeprägt besitzen.«

»Ich besitze ihn so wenig, dass mir hier, wie Sie sehen, nichts gehört; nicht einmal oder vor allem nicht das Bett, in dem ich schlafe. Mir graut vor der Ruhe; der Besitz ermutigt dazu, und in der Sicherheit schläft man ein; ich lebe so gern, dass ich wach leben möchte, und ich erhalte mir selbst in der

Geborgenheit meines Reichtums dieses Gefühl eines ungesicherten Zustands, durch das ich mein Leben aufreize oder zumindest anreize. Ich kann nicht behaupten, dass ich die Gefahr liebe, aber ich liebe das gewagte Leben und möchte, dass es von mir in jedem Augenblick meinen ganzen Mut, mein ganzes Glück und meine ganze Gesundheit fordert.«

»Was werfen Sie mir also vor?«, unterbrach ich ihn.

»Oh! wie schlecht Sie mich verstehen, lieber Michel; da ich einmal die Dummheit begehe und meinen Glauben zu bekennen versuche! … Wenn ich mich wenig um den Beifall oder die Missbilligung der Leute sorge, Michel, so nicht deshalb, um nun meinerseits zu billigen oder zu missbilligen; diese Worte haben für mich wenig Sinn. Doch ich habe eben zu viel von mir selbst geredet; dass ich mich verstanden glaubte, riss mich hin … Ich wollte einfach sagen, dass Sie für einen, der keinen Sinn für das Eigentum hat, viel zu besitzen scheinen; das ist bedenklich.«

»Was besitze ich schon viel?«

»Nichts, wenn Sie es so nehmen … Aber beginnen Sie nicht ein Kolleg? Sind Sie nicht Gutsbesitzer in der Normandie? Haben Sie sich nicht soeben luxuriös in Passy eingerichtet? Sie sind verheiratet. Erwarten Sie nicht ein Kind?«

»Nun gut!«, sagte ich ungeduldig, »das beweist einfach, dass ich mir ein, wie Sie es nennen, ›gefährlicheres‹ Leben als das Ihre zu schaffen wusste.«

»Ja, einfach«, wiederholte Ménalque ironisch; dann drehte er sich plötzlich um und streckte mir die Hand hin:

»Also adieu; für heute Abend reicht es, wir würden nichts Besseres mehr zu sagen haben. Aber auf bald.«

Eine Zeit lang sah ich ihn nicht wieder.

Neue Aufgaben, neue Sorgen nahmen mich in Anspruch; ein italienischer Gelehrter kündigte mir neue Dokumente an, die er gesichtet hatte, und ich studierte sie ausführlich für mein Kolleg. Dass ich meine erste Vorlesung schlecht verstanden fühlte, hatte in mir den Wunsch angespornt, die folgenden anders und wirkungsvoller zu erklären; dadurch wurde ich gezwungen, das als Doktrin aufzustellen, was ich zunächst nur als geistreiche Hypothese riskiert hatte. Wie viele Bekenner verdanken ihre Stärke dem glücklichen Zufall, dass sie nur halb verstanden worden waren! Ich für meinen Fall gestehe, dass ich den Teil Eigensinn, der sich in das natürliche Bedürfnis nach Zustimmung mischte, nicht unterscheiden kann. Was ich Neues zu sagen hatte, schien mir umso dringender, je mehr Mühe es mich kostete, es auszudrücken und vor allem, es verständlich zu machen.

Doch wie sehr verblassten die Worte neben den Taten! War das Leben, die geringste Geste von Ménalque nicht tausendfach beredter als mein Kolleg? Ach, wie gut ich von nun an begriff, dass der fast zur Gänze moralische Unterricht der großen antiken Philosophen ebenso sehr oder noch mehr auf dem Beispiel beruhte als auf dem Wort.

Etwa drei Wochen nach unserer ersten Begegnung sah ich Ménalque in unserer Wohnung wieder. Es war fast am Schluss einer allzu großen Gesellschaft. Um eine tägliche Störung zu vermeiden, zogen es Marceline und ich vor, am Donnerstagabend unsere Türen weit offen zu lassen; so konnten wir sie die anderen Tage leichter verschließen. An jedem Donnerstag kamen also alle, die sich unsere Freunde nannten; die schöne Geräumigkeit unserer Salons erlaubte es uns, sie zahlreich zu empfangen, und die Gesellschaft dehnte sich bis weit in die Nacht hinein. Ich glaube, dass sie vor allem die feine Anmut von Marceline herbeizog und das Vergnügen, miteinander plaudern zu können, denn ich selbst fand nach der zweiten dieser Abendgesellschaften nichts mehr zu sagen und nichts mehr anzuhören und verbarg nur schlecht meine Langeweile. Ich irrte vom Rauchzimmer in den Salon, vom Vorzimmer in die Bibliothek, bisweilen aufgehalten durch ein Wort, ohne viel zu beobachten, mit unstetem Blick.

Auf die empfindlichen Sessel meiner Frau gelümmelt, besprachen Antoine, Étienne und Godefroy die letzte Abstimmung der Kammer. Hubert und Louis betasteten achtlos, zerknitterten die wundervollen Radierungen aus der Sammlung meines Vaters. Im Rauchsalon hatte Mathias, um Leonard besser zuhören zu können, seine brennende Zigarre auf einem Rosenholztisch abgelegt. Ein Glas Curaçao war auf den Teppich verschüttet worden. Albert hatte sich dreist auf einen Diwan gelegt und beschmutzte mit seinen dreckigen Füßen den Stoff. Und der Staub, den man einatmete, entstand durch die abscheuliche Abnutzung der Dinge ... Mich packte eine wütende Lust, alle meine Gäste an den Schultern hinauszutreiben. Möbel, Stoffe, Stiche verloren für mich mit dem ersten Fleck jeden Wert; befleckte Dinge waren von Krankheit befallen und gleichsam dem Tod bestimmt. Ich hätte alles schützen, alles für mich allein einschließen mögen. Wie glücklich ist Ménalque, dachte ich, der nichts besitzt! Ich leide, weil ich bewahren will. Was bedeutet mir im Grunde dies alles? ... – In einem schwächer beleuchteten kleinen Salon, der durch eine Mattglasscheibe abgetrennt war, empfing Marceline nur wenige vertraute Freunde; sie lag halb auf Kissen hingestreckt; sie war erschreckend bleich und schien mir so erschöpft, dass ich plötzlich erschrak und mir gelobte, dass dieser Empfang der letzte sein sollte. Es war schon spät. Ich wollte auf meine Uhr sehen, als ich in der Tasche meiner Weste die kleine Schere von Moktir fühlte.

»Und warum hat er sie gestohlen, wenn er sie nur beschädigen, zerstören wollte?« – In diesem Augenblick klopfte mir jemand auf die Schulter; ich drehte mich jäh um: Es war Ménalque.

Er war, fast als einziger, im Abendanzug. Er war soeben gekommen. Er bat mich, ihn meiner Frau vorzustellen; von selbst hätte ich es sicher nicht getan. Ménalque war elegant, fast schön; ein ungeheurer, hängender, schon ergrauter Schnurrbart teilte sein Piratengesicht; die kalte Flamme seines Blickes verriet mehr Mut und Entschlossenheit als Güte. Kaum stand er vor Marceline, da begriff ich, dass er ihr nicht gefiel. Nachdem er mit ihr ein paar banale Höflichkeitsphrasen gewechselt hatte, zog ich ihn in den Rauchsalon.

Ich hatte am Morgen von der neuen Mission erfahren, mit der ihn das Kolonialministerium beauftragte; verschiedene Blätter, die bei dieser Gelegenheit an seine abenteuerliche Karriere erinnerten, schienen ihre üblen Beschimpfungen vom Vortag vergessen zu haben und konnten nicht genug lobende Worte für ihn finden. Sie wetteiferten darin, die Dienste zu übertreiben, die er dem Land, der ganzen Menschheit durch die nützlichen Entdeckungen seiner letzten Forschungsreisen geleistet habe, ganz als unternähme er alles mit einem humanitären Ziel; und man rühmte seine Selbstlosigkeit, seine Aufopferung, seine Kühnheit, ganz als müsse er in diesen Lobpreisungen seinen Lohn finden.

Ich begann, ihn zu beglückwünschen; er unterbrach mich beim ersten Wort:

»Was! Sie auch, lieber Michel; Sie hatten mich doch zuerst gar nicht beschimpft«, sagte er. »Überlassen Sie diese Dummheiten den Zeitungen. Sie scheinen sich heute zu wundern, dass ein Mann von verrufenen Sitten trotzdem noch ein paar Tugenden haben kann. Es gelingt mir nicht, in mir die Unterschiede und Vorbehalte auszumachen, die sie aufzustellen belieben; ich existiere nur als Ganzes. Ich beanspruche nur das Natürliche, und bei jeder Tat beweist mir das Vergnügen, das ich an ihr finde, dass ich sie tun musste.«

»Das kann weit führen«, sagte ich.

»Damit rechne ich«, erwiderte Ménalque. »Ah! wenn doch alle um uns her sich davon überzeugen ließen. Aber die meisten glauben, nur durch Zwang von sich Gutes zu erlangen; sie gefallen sich nur verfälscht. Jeder möchte am wenigsten sich selber gleichen. Jeder nimmt sich einen Herrn und ahmt ihn nach; ja, er wählt sich nicht einmal den Herrn, den er nachahmt; er nimmt einen schon gewählten Herrn hin. Und doch gibt es, wie ich glaube, noch andere Dinge im Menschen zu entziffern. Man wagt es nicht. Man wagt es nicht, das Blatt zu wenden. – Gesetze der Nachahmung; ich nenne sie Gesetze der Angst. Man hat Angst davor, sich allein zu finden; und man findet sich überhaupt nicht. Diese moralische Agoraphobie ist mir verhasst; sie ist die schlimmste Art Feigheit. Und doch erfindet man immer allein. Aber wer versucht hier zu erfinden? Genau das, was man in sich als anders empfindet, ist es, was man an Seltenem besitzt, was den Wert eines jeden ausmacht – und was man sich zu unterdrücken bemüht. Man ahmt nach. Und man behauptet, das Leben zu lieben.«

Ich ließ Ménalque reden; er sagte genau das, was ich vor einem Monat zu Marceline gesagt hatte; ich hätte ihm also zustimmen müssen. Warum, aus welcher Feigheit heraus unterbrach ich ihn und wiederholte ihm, indem ich Marceline nachahmte, Wort für Wort jenen Satz, mit dem sie mich damals unterbrochen hatte:

»Lieber Ménalque, Sie können nicht von jedem verlangen, dass er sich von allen anderen unterscheidet.«

Ménalque verstummte jäh, sah mich auf seltsame Art an, und da Eusèbe gerade hinzutrat, um sich von mir zu verabschieden, wandte er mir ohne Umstände den Rücken zu und führte mit Hector eine unbedeutende Unterhaltung.

Kaum war mein Satz ausgesprochen, schien er mir dumm; vor allem war ich untröstlich, weil er Ménalque glauben machen konnte, ich fühlte mich von seinen Worten angegriffen.

Es war spät; meine Gäste brachen auf. Als der Salon fast leer war, kam Ménalque auf mich zu:

»Ich kann Sie so nicht verlassen«, sagte er zu mir. »Ohne Zweifel habe ich Ihre Worte falsch verstanden. Lassen Sie es mich wenigstens hoffen ...«

»Nein«, antwortete ich. »Sie haben sie nicht falsch verstanden ... aber sie waren ohne jeden Sinn; ich hatte sie kaum gesagt, da taten sie mir leid, weil sie so töricht klangen und vor allem, weil ich fühlte, dass sie mich in Ihren Augen genau unter die einreihten, denen Sie eben den Prozess machten und die mir, ich versichere es Ihnen, so verhasst sind wie Ihnen. Ich hasse Leute mit Prinzipien.«

»Sie sind«, erwiderte Ménalque lachend, »das Unleidlichste, was es auf der Welt gibt. Man erwartet von ihnen vergeblich so etwas wie Aufrichtigkeit; denn sie tun immer nur das, was ihnen ihre Prinzipien vorgeschrieben haben, andernfalls betrachten sie das, was sie tun, als schlecht getan. Beim bloßen Verdacht, dass Sie einer der Ihren sein könnten, fühlte ich, wie mir das Wort auf den Lippen erstarrte. Der Kummer, der mich darob ergriff, hat mir gezeigt, wie stark meine Zuneigung zu Ihnen ist; ich hoffte, mich geirrt zu haben – nicht in meiner Zuneigung, aber in dem Urteil, das ich fällte.«

»Ihr Urteil war tatsächlich falsch.«

»Ah! nicht wahr?«, sagte er und griff ungestüm nach meiner Hand. »Hören Sie, ich muss bald abreisen, aber ich möchte Sie noch einmal sehen. Meine Reise wird diesmal länger und gefährlicher werden als alle anderen; ich weiß nicht, wann ich zurückkommen werde. Ich muss in zwei Wochen aufbrechen; hier weiß niemand, dass meine Abreise so nahe bevorsteht; ich sage es Ihnen im Geheimen. Ich breche im Morgengrauen auf. Die Nacht, die der Abreise vorangeht, wird für mich jedes Mal zu einer Nacht des Schreckens und der Ängste. Beweisen Sie mir, dass Sie kein Mann von Prinzipien sind; kann ich darauf zählen, dass Sie diese letzte Nacht mit mir verbringen möchten?«

»Aber wir werden uns doch vorher noch wiedersehen?«, sagte ich, ein wenig überrascht.

»Nein. Während dieser vierzehn Tage werde ich für niemanden zu Hause sein, werde nicht einmal mehr in Paris sein. Morgen reise ich nach Budapest; in sechs Tagen muss ich in Rom sein. Hier wie dort habe ich Freunde, die ich umarmen will, ehe ich Europa verlasse. Ein dritter erwartet mich in Madrid …«

»Abgemacht, ich werde diese Nacht der Wache mit Ihnen verbringen.«

»Und wir werden Schiraz trinken«, sagte Ménalque.

Einige Tage nach diesem Abend begann sich Marceline schlechter zu fühlen. Ich habe schon erwähnt, dass sie oft erschöpft war; aber sie vermied es zu klagen, und da ich diese Erschöpfung ihrem Zustand zuschrieb, hielt ich sie für ganz natürlich und vermied es, mich zu beunruhigen. Ein alter, einfältiger oder ungenügend geschulter Arzt hatte uns gleich zu Anfang übermäßig beruhigt. Neue, von Fieber begleitete Beschwerden bewogen mich, Doktor Tr. zu rufen, der damals als der beste Spezialist galt. Er wunderte sich, dass ich ihn nicht längst hatte holen lassen, und verordnete Marceline eine strenge Diät, die sie schon einige Zeit hätte befolgen sollen. In ihrer mutigen Unbesonnenheit hatte sich Marceline bis zu diesem Tag überanstrengt; die Zeit bis zu ihrer Entbindung, die man gegen Ende Januar erwartete, sollte sie nun liegend verbringen. Zweifellos ein wenig beunruhigt und kränker, als sie zugeben wollte, fügte sich Marceline sehr geduldig auch den lästigsten Vorschriften. Doch brachte sie ein kurzes Aufbegehren in Unruhe, als Tr. ihr Chinin verordnete, in einer Dosis, die, wie sie wusste, ihrem Kind schaden konnte. Drei Tage lang weigerte sie sich hartnäckig, es zu nehmen; dann stieg das Fieber, und so musste sie auch in diesem Punkt nachgeben; aber diesmal geschah das mit großer Traurigkeit und wie in einem schmerzlichen Verzicht auf die Zukunft; eine Art religiöser Ergebung brach den Willen, der sie bis dahin aufrecht gehalten hatte, sodass sich ihr Zustand in den folgenden Tagen jäh verschlechterte.

Ich umsorgte sie noch aufmerksamer und beruhigte sie nach Kräften, mit den Worten von Doktor Tr. selbst, der ihren Zustand nicht als wirklich ernst ansah. Aber ihre heftigen Ängste alarmierten schließlich auch mich. Ach! wie gefährlich war unser Glück schon damals auf Hoffnung gebaut! auf welch eine ungewisse Zukunft! Mich, dachte ich, der anfangs nur am Vergangenen Geschmack gefunden hatte, konnte die plötzliche Lust am Augenblick eines Tages berauschen; aber die Zukunft entzaubert die gegenwärtige Stunde noch mehr, als die Gegenwart die Vergangenheit entzaubert; und schon seit unserer Nacht in Sorrent richtet sich meine ganze Liebe, mein ganzes Leben auf die Zukunft.

Inzwischen kam der Abend heran, den ich Ménalque versprochen hatte; und obwohl es mich bekümmerte, Marceline eine ganze Winternacht lang allein zu lassen, machte ich ihr, so gut ich es vermochte, das Feierliche dieses Zusammentreffens, das Gewicht meines Versprechens begreiflich. Marceline ging es an diesem Abend etwas besser, und trotzdem war ich unruhig; eine Nachtschwester vertrat mich bei ihr. Aber sobald ich auf der Straße war, wurde meine Unruhe heftiger; ich verdrängte sie, kämpfte gegen sie an, ärgerte mich über mich selbst, weil ich mich von ihr nicht befreien konnte. Ich gelangte nach und nach in einen Zustand der Überreizung, der seltsamsten Erregung, der von der schmerzlichen Unruhe, die ihn ausgelöst hatte, zugleich sehr verschieden und ihr doch sehr ähnlich war, aber ähnlicher noch dem Glück. Es war spät; ich ging mit großen Schritten; es begann mächtig zu schneien;

ich war glücklich, endlich eine schärfere Luft zu atmen, gegen die Kälte anzukämpfen, glücklich in Wind, Nacht und Schnee; ich genoss meine Energie.

Ménalque hatte mich kommen hören und erschien auf dem Treppenabsatz. Er erwartete mich ungeduldig. Er war bleich und schien ein wenig nervös. Er nahm mir meinen Mantel ab und zwang mich, meine durchnässten Stiefel mit weichen persischen Pantoffeln zu vertauschen. Auf einem kleinen Tisch am Feuer standen Leckereien. Zwei Lampen erhellten den Raum geringer als das Kaminfeuer. Ménalque erkundigte sich gleich nach dem Befinden von Marceline; der Einfachheit halber antwortete ich, es gehe ihr sehr gut.

»Erwarten Sie Ihr Kind bald?«, fragte er.

»In einem Monat.«

Ménalque beugte sich zum Feuer, als wolle er sein Gesicht verbergen. Er schwieg. Er schwieg so lange, dass ich schließlich ganz verlegen wurde und nicht mehr wusste, was ich zu ihm sagen sollte. Ich stand auf, tat ein paar Schritte, trat dann zu ihm und legte ihm die Hand auf die Schulter. Da murmelte er, als setze er seinen Gedanken fort:

»Man muss wählen. Wichtig ist zu wissen, was man will.«

»Wie, wollen Sie nicht fort?«, fragte ich ihn und war mir nicht sicher, welchen Sinn ich seinen Worten geben sollte.

»Es scheint so.«

»Also zögern Sie noch?«

»Weshalb? Sie haben Frau und Kind, Sie bleiben. Von den Tausend Formen des Lebens kann jeder nur eine kennen. Es ist Torheit, andere um ihr Glück zu beneiden; man wüsste es nicht zu gebrauchen. Das Glück kann man nicht fertig kaufen, man muss es sich anmessen. Ich reise morgen ab; ich weiß, dass ich versucht habe, dies Glück auf mein Maß zu bringen. Bewahren Sie das stille Glück des Herdes ...«

»Auch ich hatte mir mein Glück angemessen«, rief ich.

»Aber ich bin gewachsen. Jetzt ist mir mein Glück zu eng. Manchmal erdrosselt es mich fast!«

»Bah! Sie werden sich darein finden!«, sagte Ménalque; dann stellte er sich vor mich hin, senkte seinen Blick in den meinen, und da ich nichts zu sagen fand, lächelte er ein wenig traurig: »Man glaubt zu besitzen, und man wird besessen. – Schenken Sie sich Schiraz ein, lieber Michel, Sie werden nicht oft davon kosten; und nehmen Sie von diesem rosa Zuckerzeug, das die Perser dazu essen. Heute Abend will ich mit Ihnen trinken, will vergessen, dass ich morgen aufbreche, und plaudern, als wäre diese Nacht noch lang ... Wissen Sie, was heute die Poesie und vor allem die Philosophie zu toten Buchstaben macht? Dass sie sich vom Leben entfernt haben. Die Griechen idealisierten das Leben selbst, sodass das Leben des Künstlers an sich schon eine poetische Verwirklichung war, das Leben des Philosophen eine Umsetzung seiner Philosophie in die Tat; sodass die Philosophie die Dichtung förderte und die Dichtung der Philosophie Ausdruck verlieh, im Leben verbunden, statt nichts voneinander zu wissen, und das besaß eine wunderbare Überzeugungskraft. Heute handelt die Schönheit nicht mehr; die Tat bemüht sich nicht, schön zu sein; und die Weisheit wirkt abseitig.«

»Warum schreiben nicht Sie, der Sie Ihre Weisheit leben, Ihre Memoiren«, sagte ich, und als ich ihn lächeln sah, fuhr ich fort: »oder einfach Ihre Reiseerinnerungen?«

»Weil ich mich nicht erinnern möchte«, antwortete er. »Wenn ich es täte, so glaubte ich das Heraufkommen der Zukunft zu verhindern und die Vergangenheit an Boden gewinnen zu lassen. Aus dem vollkommenen Vergessen des Gestern schaffe ich die Neuheit jeder Stunde. Ich begnüge mich nicht damit, dass ich glücklich gewesen war. Ich glaube nicht an die toten Dinge, und nicht mehr sein gilt mir so viel wie nie gewesen sein.«

Ich ärgerte mich schließlich über diese Worte, die meinen Gedanken zu sehr vorauseilten; ich hätte ihn zurückhalten, aufhalten mögen; aber ich versuchte ihm vergeblich zu widersprechen, und übrigens ärgerte ich mich über mich selbst noch mehr als über Ménalque. Ich blieb also stumm. Er lief wie ein wildes Tier im Käfig hin und her, beugte sich übers Feuer, schwieg wieder lange und sagte dann plötzlich:

»Wenn unsere mittelmäßigen Gehirne die Erinnerungen wenigstens einbalsamieren könnten; aber sie lassen sich schlecht konservieren. Die zartesten werden stumpf, die lustvollsten verfaulen, die köstlichsten sind später die gefährlichsten. Was man bereut, war anfangs vergnüglich.«

Wieder langes Schweigen; dann sprach er weiter:

»Bedauern, Gewissensqualen, Reue, das sind vergangene Freuden, rückwärts betrachtet. Ich mag nicht zurückblicken, und meine Vergangenheit lasse ich dahinten, wie der Vogel beim Aufflug seinen Schatten verlässt. Ah! Michel, die Freude erwartet uns immer, aber stets will sie das Lager leer finden, die einzige sein, und man soll zu ihr kommen wie ein Witwer. – Ah! Michel, die Freude gleicht dem Manna der Wüste, das von einem Tag zum andern verdirbt; sie gleicht dem Wasser der Quelle Ameles, das sich, wie Plato berichtet, in keinem Gefäß bewahren ließ ... Jeder Augenblick muss mit sich nehmen, was er gebracht hat.«

Ménalque sprach noch lange; ich kann hier nicht alle seine Worte wiedergeben; viele jedoch prägten sich mir umso stärker ein, je schneller ich sie hätte vergessen mögen; nicht dass sie mich etwas sehr Neues gelehrt hätten, aber sie legten plötzlich meine Gedanken bloß; Gedanken, die ich mit so vielen Schleiern verhüllt hatte, dass ich sie fast schon erstickt glauben konnte. So verging die durchwachte Nacht.

Als ich am Morgen Ménalque an den Zug gebracht hatte, der ihn entführte, und mich allein auf den Weg zu Marceline machte, fühlte ich mich voll erbärmlicher Trauer, voll Hass auf die zynische Freude des Ménalque; ich wünschte, sie wäre unecht; ich zwang mich, sie zu leugnen. Ich ärgerte mich, dass ich ihm nichts zu entgegnen gewusst hatte; ich ärgerte mich, dass ich etwas gesagt hatte, was ihn an meinem Glück, an meiner Liebe hatte zweifeln lassen. Und ich klammerte mich an mein zweifelhaftes Glück, an mein »stilles Glück«, wie Ménalque gesagt hatte; leider konnte ich die Unruhe nicht von ihm fernhalten, aber ich gab vor, diese Unruhe diene der Liebe als Nahrung. Ich neigte mich über die Zukunft, in der ich schon mein kleines Kind mir zulächeln sah; für dieses Kind besserte sich, stärkte sich meine Moral ... Entschieden ging ich mit festem Schritt.

Aber ach! als ich an jenem Morgen die Wohnung betrat, fiel mir gleich im ersten Zimmer eine ungewohnte Unordnung auf. Die Nachtschwester kam mir entgegen und berichtete mir mit behutsamen Worten, dass meine Frau in der Nacht furchtbare Ängste überfallen hätten, dann Wehen, obgleich sie sich noch nicht am Ziel ihrer Schwangerschaft glaubte; dass sie, als sie sich so elend fühlte, nach dem Arzt geschickt habe, der in aller Eile gekommen sei und die Kranke noch nicht verlassen habe. Dann, glaube ich, sah sie meine Blässe, und da sie mich beruhigen wollte, sagte sie, alles gehe schon viel besser, es ... Ich stürzte in Marcelines Zimmer.

Das Zimmer war schwach erleuchtet; zunächst erkannte ich nur den Arzt, der mir mit der Hand Schweigen gebot; dann sah ich im Dunkel eine Gestalt, die mir fremd war. Ängstlich und leise näherte ich mich dem Bett. Marceline hatte die Augen geschlossen; sie war so entsetzlich blass, dass ich sie erst für tot hielt; aber sie wandte mir, ohne die Augen zu öffnen, den Kopf zu. In einer Ecke des Raumes ordnete, verbarg die unbekannte Gestalt verschiedene Gegenstände; ich sah glänzende Instrumente, Watte; ich sah, ich glaubte ein blutbeflecktes Laken zu sehen … Ich fühlte, dass ich schwankte. Fast fiel ich auf den Doktor; er stützte mich. Ich begriff; ich fürchtete zu begreifen …

»Das Kleine?«, fragte ich voll Angst.

Er zuckte traurig mit den Schultern. – Ohne noch zu wissen, was ich tat, warf ich mich schluchzend auf das Bett. Ah! jähe Zukunft! Der Boden wich mir plötzlich unter den Füßen; vor mir war nur noch ein leeres Loch, in das ich direkt hineinfiel.

Danach verwirrt sich alles in düsterer Erinnerung. Marceline schien sich zuerst ziemlich schnell zu erholen. Die Ferien zu Anfang des Jahres gewährten mir ein wenig Aufschub, sodass ich fast den ganzen Tag bei ihr verbringen konnte. Ich las oder schrieb neben ihr, las ihr leise vor. Niemals ging ich aus, ohne ihr ein paar Blumen mitzubringen. Ich erinnerte mich an die zärtliche Pflege, mit der sie mich umgeben hatte, als ich krank war, und umgab sie nun mit so viel Liebe, dass sie manchmal fast glücklich darüber lächelte. Über das traurige Ereignis, das unsere Hoffnungen zertrümmert hatte, wurde kein Wort gewechselt …

Dann bekam Marceline eine Venenentzündung; und als diese im Abklingen war, schwebte Marceline durch eine Embolie plötzlich zwischen Leben und Tod. Es war in der Nacht; ich sehe mich wieder über sie gebeugt, während ich mit ihrem Herzen das meine stillstehen oder sich wiederbeleben fühlte. Wie viele Nächte habe ich so bei ihr gewacht! Den Blick starr auf sie gerichtet, in der Hoffnung, durch die Kraft der Liebe ein wenig von meinem Leben dem ihren einzuflößen. Und wenn ich auch nicht mehr viel an das Glück dachte, so war es doch meine einzige traurige Freude, Marceline bisweilen lächeln zu sehen.

Mein Kolleg hatte wieder begonnen. Wo fand ich die Kraft,

meine Vorlesungen vorzubereiten, zu halten? … Meine Erinnerung verliert sich, ich weiß nicht, wie sich die Wochen aneinanderreihten. – Doch einen kleinen Vorfall möchte ich euch noch erzählen:

Es ist an einem Morgen kurze Zeit nach der Embolie; ich bin bei Marceline; es scheint ihr ein wenig besser zu gehen, aber noch ist ihr jede Bewegung verboten; sie darf nicht einmal die Arme heben. Ich beuge mich vor, um sie trinken zu lassen, und als sie getrunken hat und ich noch über sie geneigt bin, bittet sie mich mit einer Stimme, die ihre Befangenheit noch leiser macht, ein Kästchen zu öffnen, das ihr Blick mir bezeichnet; es steht dort auf dem Tisch; ich öffne es; es ist voll mit Bändern, Putz, kleinen wertlosen Schmucksachen. Was will sie? Ich bringe das Kästchen ans Bett; nehme alles nacheinander heraus. Dies? oder das? … Nein, auch nicht; und ich fühle, wie sie ein wenig unruhig wird. »Ah! Marceline! diesen kleinen Rosenkranz willst du!« Sie bemüht sich zu lächeln.

»Du fürchtest also, dass ich dich nicht gut genug pflege?«

»Oh, mein Freund!«, murmelt sie. – Und ich erinnere mich an unser Gespräch in Biskra, an ihren ängstlichen Vorwurf, als sie mich das zurückweisen hörte, was sie »Gottes Hilfe« nennt. Ich erwidere ein wenig heftig:

»Ich bin ganz gut allein gesund geworden.«

»Ich habe so viel für dich gebetet«, antwortet sie. Sie sagt das zärtlich, traurig; ich fühle in ihrem Blick eine flehende Angst … Ich nehme den Rosenkranz und lasse ihn in ihre geschwächte Hand gleiten, die auf der Decke ruht. Ein Blick voll Tränen und Liebe belohnt mich – aber ich kann nicht auf ihn antworten; ich zögere noch einen Augenblick, weiß nicht, was tun, bin verlegen; endlich halte ich es nicht mehr aus:

»Adieu«, sage ich zu ihr; und feindselig verlasse ich das Zimmer, als hätte man mich daraus verjagt.

Die Embolie hatte indessen schwerwiegende Störungen mit sich gebracht; der scheußliche Blutpfropfen, den das Herz wieder ausgestoßen hatte, belastete und verstopfte die Lungen; der Atem ging schwer und pfeifend. Ich meinte, sie würde nicht mehr genesen. Die Krankheit hatte Marceline heimgesucht, hauste nun in ihr, zeichnete sie, befleckte sie. Sie war verdorben.

III

Es kam die milde Jahreszeit. Sobald mein Kolleg zu Ende war, brachte ich Marceline nach La Morinière, da der Arzt meinte, jede akute Gefahr sei vorüber und für ihre völlige Genesung sei nichts so nötig wie eine bessere Luft. Auch ich selbst hatte die Ruhe sehr nötig. Diese Nachtwachen, die ich fast alle selbst durchzustehen hatte, diese anhaltende Angst und vor allem diese Art körperlichen Mitleidens, die mich während Marcelines Embolie das furchtbare Aufbäumen ihres Herzens hatte nachfühlen lassen, all das hatte mich so erschöpft, als sei ich selbst krank gewesen.

Ich hätte Marceline lieber ins Gebirge gebracht; aber sie wünschte sich so lebhaft, in die Normandie zurückzukehren, behauptete, kein Klima bekäme ihr besser, und erinnerte mich daran, dass ich mir diese beiden Pachthöfe einmal ansehen müsste, mit denen ich mich ein wenig tollkühn belastet hatte. Sie überzeugte mich davon, dass ich dafür verantwortlich, dass ich mir damit Erfolg schuldig sei. Wir waren kaum angekommen, da trieb sie mich schon auf die Felder hinaus ... Ich weiß nicht, ob sich in ihr freundschaftliches Drängen nicht sehr viel Entsagung mischte; die Furcht, dass ich mich bei ihr zurückgehalten glaubte durch die Pflege, derer sie noch bedurfte, dass ich mich nicht frei genug fühlte ... Marceline ging es jedoch besser; ihre Wangen färbte wieder das Blut; und nichts beruhigte mich mehr, als wenn ich ihr Lächeln weniger traurig fand; ich konnte sie ohne Furcht allein lassen.

Ich ging also wieder auf die Pachthöfe. Man mähte das erste Heu. Die von Blütenstaub und Düften schwere Luft betäubte mich anfangs wie ein berauschendes Getränk. Es schien mir, als hätte ich seit dem letzten Jahr nicht mehr geatmet, oder nur Staub geatmet, so süß durchdrang mich die Luft. Von der Böschung aus, auf die ich mich wie trunken gesetzt hatte, überblickte ich La Morinière; ich sah die blauen Dächer, die stillen Wasser der Gräben; im Umkreis gemähte Wiesen, andere mit dichtem Gras; weiter entfernt die Windung des Baches; noch weiter das Gehölz, in dem ich im Herbst mit Charles ausgeritten war. Gesang, den ich schon eine Weile gehört hatte, kam näher; es waren die Heuer, die mit der Gabel oder dem Rechen auf der Schulter heimkehrten. Diese Arbeiter, die ich fast alle wiedererkannte, riefen mir lästig ins Gedächtnis, dass ich hier nicht als entzückter Wanderer, sondern als Herr saß. Ich ging zu ihnen hin, lächelte ihnen zu, sprach mit ihnen und erkundigte mich lange nach jedem. Schon am Morgen hatte mir Bocage über den Stand der Äcker und Wiesen berichtet; übrigens hatte er mich durch regelmäßige Briefe ständig über die geringsten Zwischenfälle auf den Pachthöfen auf dem Laufenden gehalten. Die Bewirtschaftung ließ sich nicht schlecht an; viel besser, als Bocage mich zunächst hatte hoffen lassen. Man wartete jedoch auf mich wegen ein paar wichtiger Entscheidungen, und einige Tage lang leitete ich alles nach besten Kräften und klammerte mein zerstörtes Leben lustlos an diese scheinbare Arbeit.

Sobald sich Marceline wohl genug fühlte, kamen ein paar Freunde zu uns auf Besuch. Ihre liebevolle und behutsame Gesellschaft gefiel Marceline, hatte jedoch zur Folge, dass ich das Haus umso lieber verließ. Ich zog die Gesellschaft der Leute vom Pachthof vor; mir schien, ich fände bei ihnen mehr zu lernen; nicht dass ich sie ausgefragt hätte – nein, und ich weiß kaum diese Art Freude auszudrücken, die ich unter ihnen empfand: Mir schien, als fühlte ich durch sie; und während mir die Gespräche unserer Freunde ganz und gar bekannt waren, noch ehe sie zu sprechen anfingen, verschaffte mir der bloße Anblick dieser Gesellen ständiges Staunen.

Wenn man anfangs hätte meinen können, sie legten in ihre Antwort all die Herablassung, die ich bei meinen Fragen zu vermeiden suchte, so ertrugen sie meine Gegenwart bald besser. Unser Kontakt wurde immer enger. Nicht damit zufrieden, sie bei der Arbeit zu verfolgen, wollte ich sie in ihrer Freizeit beobachten; ihre dumpfen Gedanken interessierten mich kaum, aber ich nahm an ihren Mahlzeiten teil, hörte ihren Späßen zu, überwachte verliebt ihre Vergnügungen. Es geschah mit der gleichen Art Sympathie, mit der mein Herz sich aufbäumte mit dem Herzen Marcelines; es war ein unmittelbares Echo jeder fremden Empfindung, und zwar nicht unbestimmt, sondern scharf, genau. Ich fühlte in meinen Armen den Muskelschmerz des Mähers; ich war müde von seiner Müdigkeit; der Schluck Cidre, den er trank, löschte meinen Durst; ich fühlte ihn durch seine Kehle rinnen; eines Tages schnitt sich einer, als er seine Sense dengelte, tief in den Daumen; ich spürte seinen Schmerz bis auf den Knochen.

So schien mir, nicht mehr mein Blick allein zeigte mir die Landschaft, sondern ich fühlte sie auch durch eine Art Berührung, die jene seltsame Sympathie allumfassend machte.

Die Gegenwart Bocages störte mich; wenn er kam, musste ich den Herrn spielen, und dazu hatte ich keine Lust mehr. Noch gab ich an und leitete auf meine Weise die Arbeiter; das war nötig; doch das Pferd bestieg ich nicht mehr, aus Furcht, sie zu sehr zu überragen. Doch obwohl ich Vorsichtsmaßregeln ergriff, damit sie sich von meiner Gegenwart nicht mehr belästigt fühlten und sich vor mir keinen Zwang mehr antäten, beherrschte mich ihnen gegenüber dieselbe üble Neugier wie früher. Die Existenz eines jeden blieb mir ein Rätsel. Immer schien mir, als verberge sich ein Teil ihres Lebens. Was taten sie, wenn ich nicht mehr dabei war? Ich wollte nicht zugeben, dass sie sich dann besser amüsierten. Und jedem verlieh ich ein Geheimnis, das ich eigensinnig aufzuklären wünschte. Ich trieb mich herum, ich verfolgte sie, spionierte ihnen nach. Mit Vorliebe schloss ich mich besonders verwilderten Typen an, als erwartete ich aus ihrer Finsternis ein erhellendes Licht. Einer vor allem zog mich an: Er war recht schön, groß, gar nicht dumm, aber allein vom Instinkt getrieben; er tat alles sprunghaft und gab jedem flüchtigen Anstoß nach. Er stammte nicht aus dieser Gegend; man hatte ihn zufällig eingestellt. Zwei Tage lang ein hervorragender Arbeiter, soff er sich am dritten Tag voll wie ein Fass. Eines Nachts ging ich heimlich zu ihm in die Scheune; er lag ins Heu gelümmelt und schlief den tiefen Schlaf des Betrunkenen. Wie lange ich ihn mir ansah! … Eines schönen Tages verschwand er, wie er gekommen war. Ich hätte wissen mögen, auf welchen Wegen. Am selben Abend erfuhr ich, dass Bocage ihn weggeschickt hatte.

Ich war wütend auf Bocage und ließ ihn rufen.

»Anscheinend haben Sie Pierre weggeschickt«, begann ich. »Wollen Sie mir sagen, warum?«

Er war ein wenig bestürzt über meinen Zorn, den ich nach Kräften zu zügeln suchte:

»Monsieur wollte doch einen dreckigen Säufer nicht bei sich behalten, der die besten Arbeiter verdarb …«

»Ich weiß besser als Sie, wen ich behalten möchte.«

»Einen Tunichtgut! Man weiß nicht einmal, woher er kam. In der Gegend macht das keinen guten Eindruck … Wenn er eines Nachts an die Scheune Feuer gelegt hätte, wäre Monsieur vielleicht zufrieden gewesen.«

»Schließlich ist das meine Sache, und das Gut gehört mir, nehme ich doch an; ich gedenke es zu leiten, wie es mir passt. In Zukunft werden Sie mir bitte Ihre Gründe mitteilen, ehe Sie jemanden entlassen.«

Bocage hatte mich, wie ich schon sagte, als Kind gekannt; er liebte mich zu sehr, um sich über den Ton meiner Worte zu ärgern, so verletzend er auch war. Er nahm mich nicht einmal genügend ernst. Der normannische Bauer kann nur zu oft dem keinen Glauben schenken, dessen Antrieb er nicht durchschaut, das heißt dem, den nicht der Eigennutz leitet. Bocage sah in diesem Streit nur eine Laune.

Ich wollte jedoch das Gespräch nicht mit einer Rüge abbrechen, und da ich fühlte, dass ich zu heftig gewesen war, suchte ich nach einem Anknüpfungspunkt.

Nach einem kurzen Schweigen entschloss ich mich zu der Frage: »Muss nicht Ihr Sohn Charles bald wieder nach Hause kommen?«

»Ich dachte, Monsieur hätte ihn vergessen, wenn man bedenkt, wie wenig er sich um ihn kümmerte«, sagte Bocage, noch immer verletzt.

»Ich ihn vergessen! Bocage, wie könnte ich das, nach allem, was wir im vergangenen Jahr zusammen getan haben? Ich zähle sogar auf ihn, wegen der Pachthöfe ...«

»Monsieur ist sehr gut: Charles muss in acht Tagen zurückkommen.«

»Wirklich, das freut mich, Bocage«; und ich verabschiedete ihn. Bocage hatte fast recht: Sicher hatte ich Charles nicht vergessen, aber ich kümmerte mich um ihn nur noch sehr wenig. Wie soll ich es erklären, dass ich nach einer so stürmischen Freundschaft nur noch eine grämliche Gleichgültigkeit für ihn empfand? Das lag daran, dass meine Aufgaben und meine Interessen nicht mehr die vom vorigen Jahr waren. Meine beiden Pachthöfe, musste ich mir eingestehen, interessierten mich nicht mehr so sehr wie die Leute, die ich dort beschäftigte; und im Umgang mit ihnen würde Charles' Gegenwart hinderlich sein. Er war viel zu vernünftig und respektabel. Daher sah ich, trotz der lebhaften Gefühle, die die Erinnerung an ihn in mir weckte, seiner Rückkehr mit Besorgnis entgegen.

Er kam zurück! – Ah! wie recht ich hatte, wenn ich mich sorgte, und wie gut Ménalque daran tat, jede Erinnerung zu verleugnen! – Statt Charles sah ich einen komischen Herrn mit einer albernen Melone eintreten. Gott! wie er sich verändert hatte! Verlegen, gehemmt, gab ich mir trotzdem Mühe, die Freude, die er über unser Wiedersehen zeigte, nicht zu kühl zu erwidern; aber selbst diese Freude missfiel mir; sie war linkisch und wirkte auf mich unecht. Ich hatte ihn im Salon empfangen, und da es schon spät war, konnte ich sein Gesicht nicht gut erkennen; aber als man die Lampe brachte, sah ich mit Verdruss, dass er sich einen Backenbart hatte wachsen lassen.

Die Unterhaltung war an diesem Abend ziemlich trübe; und da ich wusste, dass er sich ständig auf den Pachthöfen aufhalten würde, vermied ich es fast acht Tage lang hinauszugehen und hielt mich an meine Studien und die Gesellschaft meiner Gäste. Als ich dann wieder auszugehen begann, wurde ich von einer ganz neuen Aufgabe in Anspruch genommen:

Die Holzhauer waren in den Wald eingedrungen. Jedes Jahr verkaufte man einen Teil davon; das Gehölz war in zwölf gleiche Schläge aufgeteilt und lieferte jährlich, neben einigen hochgewachsenen Bäumen, von denen man kein Wachstum mehr erhoffte, ein zwölfjähriges Buschholz, das man bündelte.

Diese Arbeit geschah im Winter, denn vor dem Frühling mussten, nach den Verkaufsbedingungen, die Holzhauer den Schlag geräumt haben. Aber die Fahrlässigkeit des alten Heurtevent, des Holzhändlers, der die Sache leitete, war so groß, dass der Frühling zuweilen in den ungeräumten Schlag einzog; dann sah man zarte junge Schösslinge durch das tote Astwerk treiben; und wenn die Hauer schließlich ihr Holz wegschafften, wurden dabei immer viele Sprossen beschädigt.

Dieses Jahr übertraf die Nachlässigkeit des alten Heurtevent, des Käufers, alle unsere Befürchtungen. Da kein höheres Angebot eingegangen war, hatte ich ihm den Schlag zu sehr niedrigem Preis überlassen müssen; er war also sicher, dass seine Rechnung aufging, und beeilte sich kaum, eine Ware an den Mann zu bringen, die er so billig gekauft hatte. Von Woche zu Woche schob er die Arbeit auf, indem er einmal den Mangel an Arbeitern, ein andermal das schlechte Wetter, dann ein krankes Pferd, Lieferungen, andere Arbeiten vorschützte ... was weiß ich? Jedenfalls war Mitte des Sommers noch nichts weggeschafft.

Was mich im vorigen Jahr aufs Äußerste gereizt hätte, ließ mich dieses Jahr ziemlich kühl; ich verhehlte mir nicht, dass mich Heurtevent schädigte; aber dieses so verödete Gehölz war schön, und ich ging mit Vergnügen darin spazieren, beobachtete, beschlich das Wild, überraschte die Schlangen und setzte mich zuweilen lange auf einen der liegenden Stämme, der noch lebendig schien und ein paar grüne Reiser aus seinen Wunden trieb.

Dann plötzlich entschloss sich Heurtevent gegen Mitte der ersten Augusthälfte, seine Leute zu schicken. Sie kamen zu sechsen auf einmal an und behaupteten, die ganze Arbeit in zehn Tagen zu beenden. Der betroffene Schlag stieß fast an La Valterie; um die Arbeit der Hauer zu erleichtern, erlaubte ich, dass man ihnen vom Pachthof das Essen brachte. Mit diesem Amt wurde ein Spaßvogel namens Bute betraut, den uns der Militärdienst ganz verdorben zurückgeschickt hatte – ich meine damit geistig, denn sein Körper gedieh prächtig; er gehörte zu jenen unter meinen Leuten, mit denen ich gerne plauderte. Ich konnte ihn also treffen, ohne deshalb den Hof betreten zu müssen. Denn gerade zu der Zeit begann ich wieder auszugehen. Und ein paar Tage lang verließ ich kaum den Wald, ging nur zu den Mahlzeiten nach La Morinière hinunter und ließ oft auf mich warten. Ich tat, als überwachte ich die Arbeit, aber in Wahrheit beobachtete ich nur die Arbeiter.

Zu dieser Schar von sechs Leuten stießen bisweilen zwei Söhne von Heurtevent; der eine war zwanzig, der andere fünfzehn Jahre alt; beide hochgewachsen, vornübergebeugt, mit scharfen Zügen. Sie schienen von fremdartigem Typus, und später erfuhr ich tatsächlich, dass ihre Mutter Spanierin war. Ich wunderte mich zuerst, wie sie bis hierher hatte kommen können; aber Heurtevent, in seiner Jugend ein abgefeimter Landstreicher, hatte sie anscheinend in Spanien geheiratet. Er wurde aus diesem Grund in der Gegend scheel angesehen. Das erste Mal, als ich dem jüngsten der Söhne begegnete, hatte es, wie ich mich entsinne, geregnet. Er saß allein auf einem Wagen, ganz oben auf einem Haufen Reisigbündel; dort lag er zwischen den Zweigen und sang oder grölte eher ein seltsames Lied, wie ich es in dieser Gegend noch nie gehört hatte. Die Pferde, die den Wagen zogen, kannten ihren Weg und folgten ihm auch ohne Lenkung. Ich kann den Eindruck nicht schildern, den dieses Lied auf mich machte, denn ich hatte ähnliches nur in Afrika gehört ... Der Kleine schien erregt, betrunken; als ich vorbeiging, sah er mich nicht einmal an. Am nächsten Tag erfuhr ich, dass es ein Sohn von Heurtevent gewesen war. Um ihn wiederzusehen oder um ihn wenigstens zu erwarten, hielt ich mich so oft im Holzschlag auf. Man hatte ihn bald geräumt. Die jungen Heurtevents kamen nur dreimal. Sie schienen stolz, und ich konnte kein Wort aus ihnen herauslocken.

Bute dagegen erzählte gern; ich sorgte dafür, dass er schnell begriff, was man bei mir sagen durfte; von da an war er ganz ungeniert und zog die Leute aus. Gierig beugte ich mich über seine Geheimnisse. Er übertraf zugleich meine Hoffnung und befriedigte mich nicht. War es das, was unter dem Augenschein brodelte? Oder war das etwa eine neue Heuchelei? Einerlei! Und ich befragte Bute, wie ich die ungestalten Chroniken der Goten befragt hatte. Aus seinen Erzählungen drang der ätzende Brodem des Abgründigen, der mir schon zu Kopfe stieg und den ich unruhig einsog. Von ihm erfuhr ich zuerst, dass Heurtevent mit seiner Tochter schlief. Ich fürchtete, wenn ich das geringste Missfallen äußerte, jede weitere Vertraulichkeit zu unterbinden; ich lächelte also; die Neugier trieb mich. »Und die Mutter? Die sagt nichts?«

»Die Mutter! Die ist schon volle zwölf Jahre tot ... Er hat sie geprügelt.«

»Wie viele sind sie in der Familie?«

»Fünf Kinder. Sie haben den ältesten und den jüngsten Sohn schon gesehen. Da ist noch einer von sechzehn Jahren, der nicht kräftig ist und Pfarrer werden will. Und dann hat die ältere Tochter schon zwei Kinder vom Vater ...«

Und ich erfuhr nach und nach noch andere Dinge, die das Haus Heurtevent zu einem heißen, scharf riechenden Ort machten, um den meine Fantasie wie die Fliege ums Fleisch kreiste: Eines Abends versuchte der älteste Sohn eine junge Magd zu vergewaltigen; und als sie sich wehrte, kam der Vater dazu und half seinem Sohn, hielt sie fest mit seinen riesigen Händen, während der zweite Sohn im Stockwerk darüber seine sanften Gebete fortsetzte und der jüngste belustigt zusah. Was die Notzucht angeht, so kann ich sie mir nicht allzu schwierig vorstellen, denn Bute erzählte noch, dass die Magd kurze Zeit später, nachdem sie auf den Geschmack gekommen war, den kleinen Priester zu verführen suchte.

»Und der Versuch ist nicht geglückt?«, fragte ich.

»Er hält noch, aber nicht mehr ganz dicht«, antwortete Bute.

»Hast du nicht gesagt, da sei noch eine zweite Tochter?«

»Die jeden nimmt, den sie kriegen kann; und ohne etwas dafür zu verlangen. Wenn es sie packt, würde sie sogar noch draufzahlen. Darf es aber nicht im Haus des Vaters machen; wäre ja noch schöner; der würde zuschlagen. Er sagt, in der Familie kann man tun und lassen, was einem Spaß macht, aber andere geht das nichts an. Pierre, der Bursche vom Pachthof, den Sie haben wegschicken lassen, hat nicht damit geprahlt, aber einmal nachts ist er nur mit einem Loch im Kopf davongekommen. Seit der Zeit amüsiert man sich im Schlosswald.«

Dann fragte ich mit einem aufmunternden Blick: »Hast du es mal versucht?«

Nur der Form halber senkte er die Augen und sagte fidel:

»Ein paarmal.« Dann hob er schnell den Blick.

»Der Kleine vom Vater Bocage auch.«

»Welcher Kleine vom Vater Bocage?«

»Alcide, der, der auf dem Hof schläft. Monsieur kennt ihn gar nicht?«

Ich war ganz und gar verblüfft, dass Bocage noch einen Sohn haben sollte.

»Stimmt«, fuhr Bute fort, »er war letztes Mal noch bei seinem Onkel. Aber es ist erstaunlich, dass ihm Monsieur noch nicht im Wald begegnet ist; er wildert fast jeden Abend.«

Bute hatte diese letzten Worte leiser gesagt. Er sah mich dabei an, und ich begriff, dass ich nun dringend zu lächeln hatte. Dann sprach Bute befriedigt weiter:

»Monsieur weiß verdammt gut, dass man bei ihm wildert. Bah! der Wald ist so groß, dass ihm das nicht viel schadet.«

Ich zeigte mich so wenig missgestimmt, dass Bute mir sofort – kühner geworden und, wie ich heute glaube, froh darüber, dass er Bocage ein wenig am Zeug flicken konnte – in einem Graben von Alcide aufgestellte Fallen zeigte und mir dann jene Stelle an der Hecke wies, wo ich nahezu sicher sein konnte, ihn abzufangen. Es war auf der Höhe der Böschung eine enge Öffnung in der Hecke, die den Wald begrenzte, durch die Alcide gewöhnlich gegen sechs Uhr hindurchschlüpfte. Dort spannten Bute und ich sehr vergnügt einen Kupferdraht, den wir gut tarnten. Dann ließ mich Bute schwören, dass ich ihn nicht verraten würde, und zog ab, da er sich nicht kompromittieren wollte. Ich legte mich hinter die Böschung und wartete.

Drei Abende wartete ich vergeblich. Ich wollte schon glauben, Bute habe mich zum Narren gehalten ... Am vierten Abend höre ich endlich einen leichten Schritt näher kommen. Mir schlägt das Herz, und ich erfahre plötzlich die schreckliche Lust des Wilderers ... Die Schlinge ist so gut gelegt, dass Alcide geradewegs hineinläuft. Ich sehe ihn plötzlich lang hinschlagen, mit gefangenem Knöchel. Er will sich retten, stürzt wieder hin, wehrt sich wie ein Wild. Aber schon habe ich ihn gepackt. Es ist ein boshafter Schlingel mit grünem Auge, Flachshaar und verschlagenem Ausdruck. Er versetzt mir Fußtritte; dann, festgehalten, versucht er zu beißen, und als ihm das nicht gelingt, beginnt er mir die ausgefallensten Schimpfwörter an den Kopf zu werfen, die ich je gehört habe. Schließlich halte ich es nicht mehr aus; ich lache schallend. Da gibt er plötzlich auf, sieht mich an und sagt in leiserem Ton:

»Sie brutaler Kerl, Sie haben mich zum Krüppel gemacht.«

»Lass sehen.«

Er schiebt den Strumpf auf den Schuh hinab und zeigt seinen Knöchel, auf dem man kaum eine leicht gerötete Spur erkennen kann. »Das ist nichts.« Er lächelt schwach, dann sagt er heimtückisch:

»Ich geh's meinem Vater sagen, dass Sie die Schlingen legen.«

»Bei Gott! das ist eine von deinen.«

»Weiß ich doch, dass nicht Sie die gelegt haben, die da.«

»Warum denn nicht?«

»Sie könnten's nicht so gut. Zeigen Sie mir doch, wie Sie's machen.«

»Bring es mir bei ...«

An diesem Abend kam ich erst sehr spät zum Abendessen nach Hause, und da man nicht wusste, wo ich war, war Marceline unruhig geworden. Ich erzählte ihr jedoch nicht, dass ich sechs Schlingen gelegt und dass ich Alcide, statt ihn auszuschelten, zehn Sous gegeben hatte.

Am nächsten Tag ging ich mit ihm die Schlingen ausheben und hatte das Vergnügen, zwei Kaninchen in den Fallen gefangen zu finden; natürlich überließ ich sie ihm. Die Jagd war noch nicht auf. Was sollte also aus diesem Wild werden, das man nicht vorzeigen konnte, ohne sich bloßzustellen? Darauf verweigerte mir Alcide die Antwort. Schließlich erfuhr ich, wieder durch Bute, dass Heurtevent ein großer Hehler war und dass der jüngste Sohn zwischen ihm und Alcide vermittelte. Würde ich auf diese Weise noch tiefer in diese ungebändigte Familie eindringen? Mit welcher Begeisterung ich wilderte!

Jeden Abend traf ich mich mit Alcide; wir fingen zahlreiche Kaninchen und einmal sogar ein Reh; es lebte noch schwach. Ich erinnere mich nicht ohne Grauen an die Freude Alcides, als er es tötete. Wir brachten das Reh an einen sicheren Ort, wo der Sohn Heurtevents es nachts holen konnte.

Von nun an ging ich nicht mehr so gern tagsüber aus, da mir der leere Wald weniger Anreiz bot. Ich versuchte sogar zu arbeiten; traurige Arbeit ohne Ziel – denn ich hatte schon zu Ende meines Kollegs abgelehnt, die Stellvertretung fortzusetzen –, undankbare Arbeit, von der mich das leiseste Singen, das geringste Geräusch auf den Feldern sogleich ablenkte; jeder Schrei wurde mir zum Ruf. Wie viele Male bin ich von meiner Lektüre ans Fenster gesprungen und sah gar nichts vorbeiziehen! Wie viele Male lief ich plötzlich hinaus … Die einzige Aufmerksamkeit, derer ich fähig war, war die meiner Sinne.

Aber wenn die Nacht hereinbrach – und schon brach die Nacht bald herein –, kam unsere Stunde, deren Schönheit ich bis dahin nicht geahnt hatte; und wie sich Diebe hereinschleichen, schlich ich hinaus. Ich hatte Nachtvogelaugen bekommen. Ich bewunderte das bewegtere und höhere Gras, die dichter gewordenen Bäume. Alles wurde ausgehöhlt durch die Nacht, der Boden wich zurück, entfernte sich, und jede Fläche wirkte tief. Der ebenste Pfad schien gefährlich. Man fühlte überall die Geschöpfe der Dunkelheit erwachen.

»Wo vermutet dich dein Vater jetzt?«

»Beim Viehhüten, im Stall.«

Alcide schlief dort, wie ich wusste, in der Nähe der Tauben und Hühner; da man ihn abends einschloss, stieg er durch ein Loch im Dach hinaus; an seinen Kleidern haftete der warme Geruch des Geflügels …

Sobald das Wild eingesammelt war, verschwand er so plötzlich in der Nacht wie hinter einer Falltür, ohne eine Geste des Abschieds, ohne mir auch nur »bis morgen« zu sagen. Ich wusste, dass er sich, ehe er auf den Hof zurückging, wo die Hunde bei seiner Ankunft schwiegen, mit dem kleinen Heurtevent traf und ihm seinen Vorrat übergab. Aber wo? Vergeblich verlangte mich danach, dies zu erkunden. Drohungen, Listen scheiterten; die Heurtevents ließen niemanden an sich heran. Ich weiß nicht, was zum größeren Triumph meiner Torheit wurde: einem mittelmäßigen Geheimnis nachzujagen, das immer vor mir zurückwich? Oder dieses Geheimnis vielleicht sogar aus bloßer Neugier zu erfinden? – Aber was machte Alcide, wenn er mich verließ? Schlief er wirklich auf dem Hof? Oder ließ er nur den Pächter in dem Glauben? Ah! so sehr ich mich auch kompromittierte, erreichte ich doch nur, dass ich seine Achtung vor mir noch verminderte, ohne sein Vertrauen zu steigern; und das machte mich zugleich wütend und betrübt. Wenn er plötzlich verschwunden war, blieb ich schrecklich allein zurück; und ich ging über die Felder nach Hause, durch das tauschwere Gras, trunken von der Nacht, vom wilden, anarchischen Leben, durchnässt, schmutzig, von Laub bedeckt. Von fern schien mich in der schlafenden Morinière ein friedliches Leuchtfeuer zu führen, die Lampe im Zimmer von Marceline, die ich davon überzeugt hatte, dass ich ohne diese Ausflüge in die Nacht nicht hätte schlafen können. Es stimmte auch: Mir graute vor meinem Bett, und ich hätte lieber in der Scheune geschlafen.

Es gab dieses Jahr Wild in Fülle. Kaninchen, Hasen, Fasanen folgten aufeinander. Als er sah, dass alles nach Wunsch ging, fand Bute nach drei Abenden Geschmack daran, sich uns anzuschließen.

Am sechsten Abend des Wilderns fanden wir von zwölf Schlingen nur noch zwei vor; während des Tages war eine Großfahndung veranstaltet worden. Bute bat mich um hundert Sous, mit denen er Kupferdraht kaufen wollte, da Eisendraht nichts tauge.

Am Tag darauf hatte ich das Vergnügen, meine zehn Schlingen bei Bocage wiederzusehen, und ich musste seinen Eifer loben. Das stärkste war, dass ich im Vorjahr für jede gefundene Schlinge unbedacht zehn Sous versprochen hatte; ich musste Bocage also hundert geben. Unterdessen kaufte Bute mit seinen hundert Sous Kupferdraht. Vier Tage später dieselbe Geschichte; zehn neue Schlingen werden erbeutet. Das sind wieder hundert Sous an Bute, wieder hundert Sous an Bocage. Und als ich ihn beglückwünsche, sagt er:

»Nicht mich müssen Sie beglückwünschen, sondern Alcide.«

»Was!?«

Zu großes Erstaunen kann uns entlarven; ich halte mich zurück. »Ja«, fährt Bocage fort; »was wollen Sie, Monsieur, ich werde alt und bin vom Gut zu sehr beansprucht. Der Kleine läuft das Gehölz für mich ab; er kennt sich aus; er ist schlau und weiß besser als ich, wo man die Schlingen suchen und finden muss.«

»Davon bin ich gleich überzeugt, Bocage.«

»Und von den zehn Sous, die Monsieur mir gibt, bekommt er fünf pro Falle.«

»Ohne Zweifel verdient er sie. Bei Gott! Zwanzig Schlingen in fünf Tagen! Er hat ganze Arbeit geleistet. Die Wilddiebe können nur noch aufgeben. Ich wette, sie werden jetzt eine Pause machen.«

»Oh! Monsieur, je mehr man wegnimmt, umso mehr findet man. Das Wild wird dieses Jahr teuer bezahlt, und für die paar Sous, die es sie kostet ...«

Man hat mich so geschickt hereingelegt, dass ich um ein Haar glaubte, Bocage sei mit von der Partie. Und was mich an dieser Sache empört, ist nicht das dreifache Geschäft von Alcide, sondern dass ich mich derart von ihm getäuscht sehe. Und was machen sie dann mit dem Geld, Bute und er? Ich weiß es nicht; ich werde nie etwas von diesen Geschöpfen wissen. Sie werden immer lügen, werden mich betrügen zum Spaß. An diesem Abend gebe ich Bute keine hundert Sous, sondern zehn Francs: ich mache ihm deutlich, dies sei das letzte Mal; umso schlimmer, wenn die Schlingen ausgehoben würden.

Am nächsten Tag sehe ich Bocage kommen; er scheint sehr verlegen; ich werde sogleich noch verlegener als er. Was hat sich nur abgespielt? Bocage berichtet mir, dass Bute erst am frühen Morgen auf den Hof zurückgekehrt sei; Bute ist voll wie ein Fass; nach den ersten Worten, die Bocage an ihn richtet, hat Bute ihn wüst beschimpft, sich auf ihn geworfen, ihn geschlagen ...

»Kurz und gut«, sagt Bocage zu mir, »ich möchte wissen, ob Monsieur mich ermächtigt« (er verweilt ein wenig bei dem Wort), »mich ermächtigt, ihn wegzuschicken.«

»Ich werde es mir überlegen, Bocage. Es tut mir sehr leid, dass er es Ihnen gegenüber an Respekt hat fehlen lassen. Ich sehe ... Lassen Sie mich allein darüber nachdenken; und kommen Sie in zwei Stunden wieder.«

Bocage geht.

Bute behalten hieße Bocage übel im Stich lassen; Bute fortjagen hieße ihn zur Rache anstiften. Umso schlimmer; komme, was da wolle; ohnehin bin ich allein der Schuldige ... Und als Bocage zurückkommt:

»Sie können Bute sagen, dass man ihn hier nicht mehr sehen will.«

Dann warte ich. Was tut Bocage? Was sagt Bute? – Erst am Abend dringt ein Echo des Skandals bis zu mir. Bute hat geredet. Ich schließe das zunächst aus dem Geschrei, das ich bei Bocage höre; man verprügelt den kleinen Alcide. – Bocage wird wiederkommen; er kommt; ich höre seinen alten Schritt sich nähern, und mein Herz pocht noch heftiger, als es beim Wildern gepocht hat. Unerträglicher Augenblick! Alle großen Gefühle sind zulässig; ich werde die Sache ernst nehmen müssen. Welche Erklärungen erfinden? Wie schlecht ich spielen werde! Ah! ich möchte meine Rolle abgeben ... Bocage tritt herein. Ich verstehe absolut nichts von dem, was er sagt. Es ist absurd: ich muss ihn alles wiederholen lassen. Endlich wird mir eines klar: Er hält Bute für den allein Schuldigen; die unglaubliche Wahrheit ist ihm entgangen; ich hätte Bute zehn Francs gegeben? Und wozu? Er ist zu sehr Normanne, um das zu glauben. Die zehn Francs hat Bute gestohlen, das ist gewiss; indem er behauptet, ich habe sie ihm gegeben, fügt er zum Diebstahl die Lüge; um seinen Diebstahl zu vertuschen; Bocage kann man solche Geschichten nicht weismachen ...

Vom Wildern ist keine Rede mehr. Wenn Bocage Alcide schlug, dann deshalb, weil er auswärts schlafen ging.

Nun denn, ich bin gerettet! Für Bocage wenigstens ist alles in Ordnung. Was ist dieser Bute für ein Dummkopf! Sicher, an diesem Abend hatte ich keine große Lust zu wildern.

Ich glaubte schon, alles sei zu Ende, aber eine Stunde später kommt Charles. Er sieht nicht aus, als wolle er scherzen; schon von Weitem wirkt er noch langweiliger als sein Vater. Kaum vorstellbar, dass im vergangenen Jahr …

»Nun, Charles, dich hat man lange nicht gesehen.«

»Wenn Monsieur daran lag, mich zu sehen, brauchte er nur auf den Pachthof zu kommen. Ich habe bei Gott weder im Wald noch in der Nacht zu schaffen.«

»Ah! dein Vater hat dir erzählt …«

»Mein Vater hat mir nichts erzählt, weil er nichts weiß. Wozu braucht er in seinem Alter zu erfahren, dass sein Herr sich über ihn lustig macht?«

»Vorsicht, Charles! Du gehst zu weit …«

»Oh, bei Gott! Sie sind der Herr, und Sie tun, was Ihnen passt.«

»Charles, du weißt genau, dass ich mich über niemanden lustig gemacht habe, und wenn ich tue, was mir passt, so schadet das niemandem als mir.«

Er zuckte leicht mit den Schultern.

»Wie soll man Ihre Interessen vertreten, wenn Sie sie selbst schädigen? Sie können nicht gleichzeitig den Aufseher und den Wilddieb schützen.«

»Warum nicht?«

»Weil dann … ah! sehen Sie, Monsieur, das ist mir alles zu vertrackt, und es gefällt mir einfach nicht, dass ich meinen Herrn mit denen im Bund sehe, die man einsperrt, und dass er mit ihnen die Arbeit zerstört, die man für ihn getan hat.«

Charles spricht mit immer unerschrockenerer Stimme. Er

hält sich fast vornehm. Ich bemerke, dass er sich seinen Backenbart hat schneiden lassen. Was er sagt, ist übrigens ziemlich berechtigt. Und als ich schweige (was sollte ich zu ihm sagen?), fährt er fort: »Dass man Pflichten hat gegenüber dem, was man besitzt, hat mich Monsieur im letzten Jahr gelehrt, scheint es aber vergessen zu haben. Man muss seine Pflichten ernst nehmen und darauf verzichten, mit ihnen zu spielen … andernfalls verdient man es nicht zu besitzen.«

Schweigen.

»Ist das alles, was du mir zu sagen hast?«

»Für heute Abend, ja, Monsieur; aber wenn Monsieur mich dazu treibt, werde ich vielleicht an einem anderen Abend wiederkommen, um Monsieur zu sagen, dass mein Vater und ich La Morinière verlassen.«

Und er geht hinaus und grüßt mich dabei sehr tief. Kaum nehme ich mir Zeit zu überlegen:

»Charles!« – Er hat bei Gott recht … Oh! Aber wenn man das besitzen nennt! … »Charles!« Ich laufe ihm nach; ich fasse ihn im Dunkel, rasch, wie um meine überstürzte Entscheidung zu festigen: »Du kannst deinem Vater mitteilen, dass ich La Morinière zum Verkauf ausschreibe.«

Charles grüßt ernst und geht weiter, ohne ein Wort zu sagen.

Das ist alles absurd!

Marceline kann an diesem Abend nicht zum Essen herunterkommen und lässt mir sagen, ihr sei nicht wohl. Ich steige eilig und voll Sorge in ihr Zimmer hinauf. Sie beruhigt mich sogleich. »Das ist nur ein Schnupfen«, hofft sie. Sie hat sich erkältet.

»Kannst du dich denn nicht wärmer anziehen?«

»Aber ich habe doch gleich beim ersten Schauder meinen Schal umgelegt.«

»Nicht nach, sondern vor dem Schauder hättest du ihn umlegen sollen.«

Sie sieht mich an, versucht zu lächeln ... Ah! vielleicht macht mich ein so schlecht begonnener Tag anfällig für die Angst; sie hätte mir mit lauter Stimme sagen können: »Liegt dir denn so viel daran, dass ich lebe?« – und ich hätte sie nicht besser verstanden. Offenbar ging alles um mich herum aus den Fugen; von allem, was meine Hand erfasst, weiß meine Hand nichts zu halten ... Ich stürze zu Marceline und bedecke ihre blassen Schläfen mit Küssen. Da kann sie nicht mehr an sich halten und schluchzt an meiner Schulter. »Oh, Marceline! Marceline! Gehen wir fort von hier. Anderswo werde ich dich lieben, wie ich dich in Sorrent liebte. Du fandest mich verändert, nicht wahr? Doch anderswo wirst du fühlen, dass nichts unsere Liebe verändert hat.«

Noch kann ich ihre Traurigkeit nicht heilen, aber wie klammert sie sich schon an die Hoffnung!

Die Jahreszeit war noch nicht fortgeschritten, aber es war feucht und kalt, und die letzten Rosenknospen verfaulten, ohne aufzublühen. Unsere Gäste hatten uns längst verlassen. Marceline ging es nicht so schlecht, dass sie nicht hätte das Haus verschließen können, und fünf Tage darauf reisten wir ab.

Dritter Teil

Ich versuchte also noch einmal, meine Hand über meiner Liebe zu schließen. Aber hatte ich ein stilles Glück nötig? Das Glück, das Marceline mir gab und für mich darstellte, war wie die Ruhe für einen, der nicht müde ist. – Da ich jedoch fühlte, dass sie matt war und meine Liebe brauchte, hüllte ich sie darin ein und machte mir vor, es geschehe, weil ich sie selber nötig hätte. Ich empfand ihr Leid als unerträglich; und ich liebte sie, um sie davon zu heilen. Ah! leidenschaftliche Sorge, zärtliche Nachtwachen! Wie andere ihren Glauben beleben, indem sie die Andachtsübungen übertreiben, so steigerte ich meine Liebe. Und Marceline, sage ich euch, schöpfte sogleich wieder Hoffnung. In ihr war noch so viel Jugend; in mir, glaubte sie, so viele Versprechungen. – Wir flohen aus Paris wie zu neuer Hochzeit. Aber vom ersten Tag der Reise an begann sie sich viel schlechter zu fühlen; schon in Neuchâtel mussten wir haltmachen.

Wie sehr liebte ich diesen See mit den meergrünen Ufern, der so gar nicht alpenländisch wirkt und dessen Wasser sich wie das eines Sumpfes weithin mit dem Land mischt und zwischen dem Schilf durchsickert. Ich konnte für Marceline in einem sehr behaglichen Hotel ein Zimmer mit Blick auf den See bekommen; den ganzen Tag lang verließ ich sie nicht.

Es ging ihr so schlecht, dass ich schon am nächsten Tag einen Arzt aus Lausanne kommen ließ. Ganz unnötigerweise suchte er zu erfahren, ob ich von anderen Fällen von Schwindsucht in der Familie meiner Frau wisse. Ich bejahte; dabei wusste ich von keinem; aber ich mochte nicht zugeben, dass ich selbst deswegen schon fast aufgegeben worden war und dass Marceline, ehe sie mich gepflegt hatte, nie krank gewesen war. Ich gab der Embolie die Schuld an allem, obwohl der Arzt darin nur einen zufälligen Anlass sehen wollte und mir versicherte, dass das Leiden länger zurückreichte. Er empfahl uns dringend die frische Luft der Hochalpen, wo Marceline, versicherte er, gesund werden würde; und da es gerade mein Wunsch war, den ganzen Winter im Engadin zu verbringen, brachen wir auf, sobald Marceline sich wohl genug befand, um die Reise zu überstehen.

Ich erinnere mich an jede Empfindung unterwegs wie an ein Ereignis. Das Wetter war klar und kalt; wir hatten die wärmsten Pelze mitgenommen ... In Chur konnten wir wegen des ununterbrochenen Lärms im Hotel fast gar nicht schlafen. Ich hätte gern eine schlaflose Nacht auf mich genommen und mich danach nicht müde gefühlt; aber Marceline ... Und ich ärgerte mich nicht so sehr über diesen Lärm als darüber, dass sie nicht trotz des Lärms Schlaf zu finden wusste. Sie hätte seiner so sehr bedurft! – Am nächsten Tag reisten wir schon vor dem Morgengrauen ab; wir hatten Coupéplätze im Churer Eilwagen belegt; gut organisierter Pferdewechsel ermöglichte es, Sankt Moritz an einem Tag zu erreichen.

Tiefencastel, der Julier, Samedan ... ich erinnere mich an alles, Stunde für Stunde; an die ganz neue Beschaffenheit und die Rauheit der Luft; an den Klang der Pferdeglocken; an meinen Hunger; an den mittäglichen Halt vor dem Gasthof; an das rohe Ei, das ich in die Suppe schlug; an das Schwarzbrot und an die Kälte des herben Weins. – Diese derben Gerichte bekamen Marceline schlecht; sie konnte fast nichts essen außer einigen trockenen Biskuits, die ich zum Glück für unterwegs mitgenommen hatte. – Ich sehe noch, wie der Tag sich neigt, wie der Schatten rasch die bewaldeten Hänge hinaufkriecht; dann noch ein Halt. Die Luft wird immer schärfer und rauer. Wenn der Wagen anhält, taucht man bis zum Herz in die

Nacht und in die klare Stille; klar ... es gibt kein anderes Wort. Das geringste Geräusch gewinnt in dieser seltsamen Klarheit seine volle Qualität und Klangfülle. Wir fahren weiter in die Nacht hinein. Marceline hustet ... Oh! wird sie nie damit aufhören? Ich denke zurück an den Postwagen von Sousse. Ich glaube, ich hustete besser: Sie strengt sich zu sehr an ... Wie schwach sie wirkt und wie verändert; so im Schatten würde ich sie kaum erkennen. Wie hager sie aussieht! Waren die beiden schwarzen Löcher ihrer Nase schon immer so zu sehen? – Sie hustet fürchterlich. Das ist das eindeutigste Ergebnis ihrer Pflege. Mir graut vor dem Mitleiden; alle Ansteckungen sind darin verborgen; man sollte nur mit den Starken fühlen. – Oh, sie kann wirklich nicht mehr! Werden wir nicht bald da sein? ... Was tut sie? ... Sie nimmt ihr Taschentuch, führt es sich an die Lippen, wendet sich ab ... Entsetzlich! Wird auch sie Blut spucken? – Ich reiße ihr das Taschentuch roh aus den Händen. Im Halbdunkel der Laterne sehe ich es an ... Nichts. Aber ich habe meine Angst zu deutlich gezeigt; Marceline zwingt sich zu einem traurigen Lächeln und murmelt:

»Nein, noch nicht.«

Endlich sind wir da. Es ist auch Zeit; sie hält sich kaum noch aufrecht. Die Zimmer, die man für uns zurechtgemacht hat, gefallen mir nicht; wir werden darin die Nacht verbringen und morgen umziehen. Nichts scheint mir schön genug, nichts zu teuer. Und da die Wintersaison noch nicht begonnen hat, ist das riesige Hotel fast leer; ich kann wählen. Ich nehme zwei geräumige, helle und einfach möblierte Zimmer, an die ein großer Salon stößt; er schließt mit einem breiten Rundfenster ab, durch das man den hässlichen blauen See und ich weiß nicht welchen klobigen Berg sehen kann, dessen Abhänge entweder zu dicht bewaldet oder zu kahl sind. Dort wird man uns unsere Mahlzeiten servieren. Das Appartement ist unverhältnismäßig teuer, aber was tut das! Ich habe wohl mein Kolleg nicht mehr, aber ich lasse La Morinière verkaufen. Und dann wollen wir sehen ... Wozu brauche ich übrigens Geld? Wozu brauche ich das alles? ... Ich bin stark geworden, jetzt ... Ich glaube, eine völlige Veränderung der Vermögensverhältnisse muss ebenso erziehen wie ein völliger Wechsel des Gesundheitszustands ... Marceline, die hat Luxus nötig; sie ist schwach ... Ah! für sie möchte ich so viel ausgeben und solange ... Und ich fand Geschmack an diesem Luxus, während ich ihn gleichzeitig verabscheute. Ich wusch mich darin, badete darin meine Sinnlichkeit und wünschte sie dann wieder unbehaust.

Unterdessen ging es Marceline besser, und meine ausdauernde Pflege triumphierte. Da ihr das Essen schwerfiel, bestellte ich, um ihren Appetit zu reizen, köstliche, verlockende Gerichte; wir tranken die besten Weine. Ich redete mir ein, sie finde großen Geschmack daran, solches Vergnügen machten mir diese fremden Gewächse, die wir Tag für Tag probierten. Wir hatten herbe Rheinweine; Tokajer, die fast so schwer wie Sirup waren und mich mit ihrer berauschenden Kraft erfüllten. Ich erinnere mich an einen seltenen Barba-grisca, von dem nur noch eine Flasche da war, sodass ich nie erfuhr, ob sich der absonderliche Geschmack auch in den anderen wiedergefunden hätte.

Täglich fuhren wir im Wagen aus; später im Schlitten, als Schnee gefallen war, bis an den Hals in Pelze vermummt. Mit brennendem Gesicht, voll Appetit und Schlaf kam ich nach Hause. – Ich verzichtete jedoch nicht ganz auf die Arbeit und fand jeden Tag mehr als eine Stunde Zeit, um über das nachzudenken, was ich spürte sagen zu müssen. Von Geschichte war nicht mehr die Rede; schon seit Langem interessierten mich meine historischen Studien nur noch als ein Mittel zu psychologischen Untersuchungen. Ich habe bereits erzählt, wie ich mich hatte von Neuem für die Vergangenheit begeistern können, als ich darin wirre Ähnlichkeiten zu finden glaubte; indem ich die Toten bedrängte, hatte ich von ihnen geheime Auskunft über das Leben zu fordern gewagt ... Jetzt könnte der junge Athalarich selbst aus dem Grab steigen, um mit mir zu sprechen; ich würde nicht mehr hören auf die Vergangenheit. Und wie hätte eine alte Antwort meiner neuen Frage: Was kann der Mensch noch tun? – genügen können? Das zu erfahren, darum ging es mir. Ist das, was er bisher gesagt hat, alles, was der Mensch sagen konnte? Hat er alles über sich gewusst? Bleibt ihm nur noch, sich zu wiederholen? ... Und mit jedem Tag wuchs in mir die wirre Überzeugung von unberührten Reichtümern, die von Kulturen, Sitten, Moral bedeckt, verborgen, erstickt waren.

Mir schien damals, ich sei für eine neue Art Entdeckungen geboren, und ich begeisterte mich über die Maßen für meine dunklen Forschungen, für die, wie ich weiß, der Forscher jeder Kultur, Sitte und Moral abschwören und sie von sich zurückweisen muss.

Ich kam dahin, dass ich in andern nur noch die wildesten Äußerungen genoss, dass ich beklagte, wenn irgendein Zwang sie unterdrückte. Fast hätte ich in der Anständigkeit nur noch Zwang, Konvention und Angst gesehen. Es hätte mir gefallen, sie wie eine seltene Schwierigkeit zu lieben; unsere Sitten hatten jedoch eine wechselseitige und banale Vertragsform daraus gemacht. In der Schweiz war sie ein Teil des Komforts. Ich verstand, dass Marceline sie nötig hatte, verbarg ihr aber trotzdem nicht den neuen Gang meiner Gedanken. Schon in Neuchâtel hatte sie diese Wohlanständigkeit gelobt, die dort unten aus Mauern und Gesichtern schwitzt.

»Meine genügt mir vollständig«, entgegnete ich, »mir graut vor den ehrbaren Leuten. Wenn ich von ihnen nichts zu fürchten habe, so habe ich auch nichts von ihnen zu lernen. Und übrigens haben sie nichts zu sagen ... Das aufrechte Schweizervolk! Sein Wohlverhalten bringt ihm nichts ein … ohne Verbrechen, ohne Geschichte, ohne Literatur, ohne Künste … ein kräftiger Rosenstock, ohne Dornen und Blüten …«

Ich hatte im Voraus gewusst, dass mich dieses ehrbare Land langweilen würde, aber nach zwei Monaten wandelte sich diese Langeweile in eine Art Wut, und ich dachte nur noch an Aufbruch.

Es war Mitte Januar. Marceline ging es besser, viel besser: Das leichte Fieber, das ständig an ihr zehrte, hatte sich gelegt; frischeres Blut färbte wieder ihre Wangen; sie wanderte wieder gern, wenn auch wenig; war nicht mehr ständig müde wie vorher. Es wurde mir nicht sehr schwer, sie davon zu überzeugen, alle wohltätige Wirkung dieser kräftigenden Luft sei erreicht und nichts sei für sie jetzt besser als eine Reise nach Italien, wo sie durch die laue Kraft des Frühlings vollends genesen werde – und vor allem wurde es mir nicht schwer, mich selbst davon zu überzeugen, so müde war ich dieser Höhen.

Und doch quälen mich jetzt, da die verabscheute Vergangenheit im Nichtstun zu neuen Kräften kommt, diese Erinnerungen am meisten. Schnelle Schlittenfahrten, fröhlich gepeitscht von der trockenen Luft, stiebender Schnee, Appetit; ungewisse Wanderungen im Nebel, seltsame Klangfülle der Stimmen, plötzliches Auftauchen der Dinge; Lektüre im gut geheizten Salon, Landschaft jenseits der Fensterscheibe, Eislandschaft; tragisches Warten auf den Schnee; Verschwinden der Außenwelt, lustvolles Zusammenscharen der Gedanken … Oh, noch einmal mit ihr Schlittschuh laufen, dort, allein auf diesem kleinen, klaren, von Lärchen umstandenen, verlorenen See; und dann am Abend mit ihr nach Hause kommen … Dieser Abstieg nach Italien machte mich taumeln wie ein Sturz. Es war schön. In dem Maße, wie wir in die lauere und dichtere Luft eindrangen, wichen die starren Bäume der Höhen, die gleichförmigen Lärchen und Tannen, einer reicheren Vegetation von weicher, gefälliger Anmut. Mir war, als vertauschte ich die Abstraktion mit dem Leben, und obwohl wir im Winter waren, glaubte ich überall Düfte zu riechen. Ah! schon zu lange hatten wir nur noch den Schatten zugelacht! Die Entbehrung berauschte mich, und ich war trunken vom Durst, wie es andere vom Wein sind. Mein sparsames Leben war vortrefflich; an der Schwelle dieses nachsichtigen und verheißungsvollen Landes brachen alle meine Begierden hervor. Ein ungeheurer Vorrat an Liebe schwellte mich; manchmal strömte sie aus der Tiefe meines Fleisches zum Kopf und entfesselte meine Gedanken.

Diese Illusion des Frühlings währte nicht lange. Der plötzliche Höhenwechsel hatte mich einen Moment lang täuschen können, aber sobald wir die geschützten Ufer der Seen, Bellagio, Como verlassen hatten, wo wir uns ein paar Tage aufhielten, stießen wir wieder auf den Winter und den Regen. Die Kälte, die wir im Engadin gut ertragen hatten, war jetzt nicht mehr leicht und trocken wie auf den Höhen, sondern feucht und trübe und begann uns zu belästigen. Marceline fing wieder zu husten an. Also zogen wir, um der Kälte zu entfliehen, tiefer in den Süden: Wir wechselten von Mailand nach Florenz, von Florenz nach Rom, von Rom nach Neapel, das im Winterregen wohl die trostloseste Stadt ist, die ich kenne. Ich schleppte mich ab mit einer namenlosen Langeweile. Wir kehrten nach Rom zurück und suchten in Ermangelung der Wärme einen Anschein von Komfort. Auf dem Monte Pincio mieteten wir eine zu geräumige, aber wundervoll gelegene Wohnung. Schon in Florenz hatten wir, mit den Hotels unzufrieden, für drei Monate eine entzückende Villa am Viale dei Colli gemietet. Ein anderer hätte ewig dort zu leben gewünscht ... Wir blieben keine zwanzig Tage. Dabei bemühte ich mich, an jeder Station alles so einzurichten, als ob wir nie mehr abreisten. Doch ein stärkerer Dämon trieb mich weiter … Fügt dem noch hinzu, dass wir nicht weniger als acht Koffer mit uns führten. Einer davon war voll mit Büchern, und ich habe ihn während der ganzen Reise nicht ein einziges Mal geöffnet.

Ich ließ nicht zu, dass sich Marceline um unsere Ausgaben kümmerte oder sie zu mäßigen versuchte. Dass sie übertrieben waren und nicht mehr lange dauern konnten, wusste ich natürlich. Ich rechnete nicht mehr mit dem Geld von La Morinière; das Gut brachte nichts mehr ein, und Bocage schrieb, dass er keinen Käufer finde. Aber jeder Gedanke an die Zukunft führte nur dazu, dass ich noch mehr ausgab. Ah! wozu brauche ich so viel, ich allein? … dachte ich und beobachtete voll banger Erwartung, dass schneller noch als mein Vermögen das gebrechliche Leben Marcelines dahinschwand.

Obgleich sie sich in allen Besorgungen auf mich verließ, ermüdeten sie diese überstürzten Ortswechsel; aber noch mehr erschöpfte sie, das wage ich mir jetzt einzugestehen, die Furcht vor meinen Gedanken.

»Ich sehe wohl«, sagte sie eines Tages zu mir, »ich verstehe wohl deine Lehre – denn mittlerweile ist es eine Lehre. Sie ist vielleicht schön« – und dann fügte sie traurig hinzu: »aber sie unterdrückt die Schwachen.«

»Das ist nötig«, antwortete ich sofort, gegen meinen Willen.

Da war mir, als fühlte ich dieses zarte Wesen unter dem Schrecken meiner brutalen Worte erschaudern und sich zurückziehen … Ah! vielleicht denkt ihr nun, dass ich Marceline nicht liebte. Ich schwöre, dass ich sie glühend liebte. Nie war sie so schön gewesen, nie mir so schön erschienen. Die Krankheit hatte ihre Züge verfeinert und wie verklärt. Ich ließ sie fast nie mehr allein, umgab sie mit steter Aufmerksamkeit, beschützte, bewachte jeden Augenblick ihrer Tage und Nächte. So leicht ihr Schlaf auch sein mochte, der meine war durch Übung noch leichter geworden; ich behütete sie beim Einschlafen und war als erster wach. Wenn ich sie bisweilen eine Stunde allein ließ und in der Campagna oder in den Straßen spazieren gehen wollte, so rief mich ich weiß nicht welche liebevolle Sorge und die Furcht vor ihrer Langeweile schnell wieder zu ihr zurück; manchmal rief ich meinen Willen auf, protestierte gegen diese Aneignung, sagte mir: Taugst du zu nichts anderem, falscher großer Mann! – und zwang mich, meine Abwesenheit in die Länge zu ziehen; – aber dann kam ich nach Hause, die Arme mit Blumen beladen, frühen Garten- oder Treibhausblumen ... Ja, sage ich euch, ich liebte sie zärtlich. Aber wie soll ich es ausdrücken? ... Je weniger ich mich selbst achtete, umso mehr verehrte ich sie; und wer will sagen, wie viele Leidenschaften und wie viele feindselige Gedanken im Menschen beisammen wohnen können? ...

Seit Langem schon hatte das schlechte Wetter aufgehört; die Jahreszeit schritt voran; und plötzlich blühten die Mandeln. – Es war am ersten März. Ich steige morgens auf die Piazza di Spagna hinunter. Die Bauern haben die Campagna ihrer weißen Äste beraubt, und die Mandelblüten füllen die Körbe der Verkäufer. Mein Entzücken ist so groß, dass ich einen großen Busch davon kaufe. Drei Männer tragen ihn mir heim. Ich komme mit diesem ganzen Frühling nach Hause. Die Zweige bleiben an den Türen hängen, die Blütenblätter schneien auf den Teppich. Überallhin, in alle Vasen stelle ich sie; Marceline ist gerade nicht im Salon; er wird ganz weiß. Schon freue ich mich auf ihre Freude ... Ich höre sie kommen. Da ist sie. Sie öffnet die Tür. Sie schwankt ... Sie bricht in Tränen aus.

»Was hast du, meine arme Marceline?«

Ich bemühe mich um sie, bedecke sie mit zärtlichen Küssen. Da sagt sie, wie um sich für ihre Tränen zu entschuldigen:

»Vom Geruch dieser Blumen wird mir schlecht.«

Und es war ein feiner, feiner, ein schwacher Honigduft. Ohne ein Wort zu sagen, ergreife ich die unschuldigen, zarten

Zweige, zerbreche sie, trage sie fort, werfe sie hinaus, erbittert, das Blut in den Augen. – Ah! wenn sie schon dieses bisschen Frühling nicht mehr ertragen kann! …

Oft denke ich an diese Tränen zurück, und heute glaube ich, dass sie sich schon verloren fühlte und aus Trauer um den zukünftigen Frühling weinte. – Ich glaube auch, es gibt starke Freuden für die Starken und schwache für die Schwachen, die von den starken Freuden verletzt würden. Sie berauschte ein Nichts an Freude; ein wenig mehr Glanz, und sie konnte ihn nicht mehr ertragen. Was sie Glück nannte, nannte ich Ruhe; und ich wollte und konnte nicht ruhen.

Vier Tage später reisten wir wieder nach Sorrent. Ich war enttäuscht, dort nicht mehr Wärme zu finden. Alles schien zu frösteln. Der Wind, der unaufhörlich blies, ermüdete Marceline sehr. Wir hatten in demselben Hotel absteigen wollen wie bei unserer ersten Reise; wir fanden wieder dasselbe Zimmer … Und blickten unter dem trüben Himmel mit Verwunderung auf all den entzauberten Dekor und auf den kläglichen Hotelgarten, der uns so reizend erschienen war, als unsere Liebe darin spazieren ging.

Wir beschlossen, mit dem Schiff nach Palermo zu fahren, dessen Klima man uns rühmte; wir kehrten nach Neapel zurück, wo wir an Bord gehen sollten und wo wir uns auch noch aufhielten. Aber in Neapel langweilte ich mich wenigstens nicht. Neapel ist eine lebendige Stadt, wo die Vergangenheit sich nicht aufdrängt.

Fast den ganzen Tag blieb ich bei Marceline. Abends legte sie sich früh nieder, da sie müde war; ich wachte noch über ihrem Einschlafen, legte mich bisweilen auch selbst hin, dann aber, wenn ihr gleichmäßigerer Atem mir sagte, dass sie schlief, stand ich leise auf, zog mich im Dunkeln an und schlich wie ein Dieb hinaus.

Draußen, oh, hätte ich vor Jubel schreien mögen! Was

wollte ich tun? Ich weiß es nicht. Der am Tag verdüsterte Himmel hatte sich von den Wolken befreit; ein fast runder Mond leuchtete. Ich ging aufs Geratewohl dahin, ohne Ziel, ohne Wunsch, ohne Zwang. Ich sah alles mit neuen Augen; ich belauschte jedes Geräusch mit aufmerksamerem Ohr; ich sog die feuchte Nachtluft ein; ich ließ die Hand auf den Dingen ruhen; ich trieb mich herum.

Am letzten Abend, den wir in Neapel verbrachten, verlängerte ich dieses lustvolle Herumstreifen bis zum Morgen. Als ich zurückkam, fand ich Marceline in Tränen. Sie habe Angst gehabt, sagte sie, da sie plötzlich aufgewacht sei und mich nicht mehr neben sich gefühlt habe. Ich beruhigte sie, erklärte meine Abwesenheit, so gut ich es vermochte, und versprach ihr, sie nicht mehr allein zu lassen. – Aber schon in der ersten Nacht in Palermo konnte ich es nicht mehr aushalten; ich ging aus ... Die ersten Orangenbäume blühten; der leiseste Hauch trug ihren Duft heran.

Wir blieben nur fünf Tage in Palermo; dann fuhren wir auf einem großen Umweg nach Taormina, das wir beide wiedersehen wollten. Habe ich schon erzählt, dass das Dorf ziemlich hoch oben am Berg nistet, der Bahnhof hingegen unten an der Küste liegt? Der Wagen, der uns zum Hotel brachte, musste mich gleich wieder mit zum Bahnhof nehmen, wo ich nach unseren Koffern sehen wollte. Ich war im Wagen stehen geblieben, um mit dem Kutscher zu plaudern. Es war ein kleiner Sizilianer aus Catania, schön wie ein Vers Theokrits, strahlend, duftend, würzig wie eine Frucht.

»Com'è bella la Signora!«, sagte er mit einer reizvollen Stimme, während er Marceline nachsah.

»Anche tu sei bello, ragazzo«, entgegnete ich; und da ich mich zu ihm neigte, konnte ich mich nicht zurückhalten, zog ihn an mich und küsste ihn. Er ließ es lachend mit sich geschehen.

»I Francesi sono tutti amanti«, sagte er.

»Ma non tutti gli Italiani amati«, antwortete ich, gleichfalls lachend ... Ich suchte ihn die folgenden Tage, aber es gelang mir nicht, ihn wiederzufinden.

Von Taormina fuhren wir nach Syrakus. Schritt für Schritt rollten wir unsere erste Reise wieder auf, kehrten zum Anfang unserer Liebe zurück. Und wie ich bei unserer ersten Reise von Woche zu Woche der Genesung näher rückte, so verschlechterte sich Marcelines Zustand von Woche zu Woche, je weiter wir gen Süden kamen.

In welcher Verwirrung, welcher hartnäckigen Verblendung, welchem willentlichen Wahnsinn redete ich mir ein und versuchte vor allem, ihr einzureden, dass sie noch mehr Licht, noch mehr Wärme brauche, rief ich die Erinnerung wach an meine Genesung in Biskra? ... Dabei war die Luft lauer geworden; die Bucht von Palermo ist mild, und Marceline gefiel es dort. Hier wäre sie vielleicht ... Aber war ich Herr über meinen Willen? über meine Wünsche?

In Syrakus zwang uns der Zustand des Meeres und der unregelmäßige Dampferverkehr zu einem achttägigen Aufenthalt. Jeden Augenblick, den ich nicht bei Marceline verbrachte, verbrachte ich im alten Hafen. Oh! der kleine Hafen von Syrakus! der Geruch von sauer gewordenem Wein, die schmutzigen Gassen, die stinkende Bude, in der sich Hafenarbeiter, Landstreicher und angetrunkene Matrosen wälzten. Die Gesellschaft der übelsten Leute war mir der liebste Umgang. Wozu brauchte ich ihre Sprache zu verstehen, wenn ich sie mit allen Fasern meines Körpers genoss. Selbst die leidenschaftliche Brutalität nahm dort in meinen Augen einen heuchlerischen Schein von Gesundheit, von Kraft an. Ich mochte mir noch so oft sagen, dass ihr elendes Leben für sie nicht den Geschmack haben könne, den ich daran fand ... Ah! ich hätte mich mit ihnen unterm Tisch wälzen mögen und erst erwachen vom Frösteln in der trüben Frühe. Und unter ihnen steigerte sich aufs Äußerste meine wachsende Abneigung gegen den Luxus, den Komfort, gegen alles, womit ich mich umgeben hatte, gegen diesen Schutz, den meine neue Gesundheit mir entbehrlich gemacht hatte, gegen all die Vorsichtsmaßnahmen, die man ergreift, um seinen Körper vor dem riskanten Kontakt mit dem Leben zu bewahren. Ich stellte mir vor, wie sie fern von mir lebten. Ich hätte ihnen in die Ferne folgen mögen, eindringen in ihre Trunkenheit … Dann sah ich plötzlich Marceline vor mir. Was tat sie in diesem Moment? Sie litt, sie weinte vielleicht … Eilig stand ich auf; ich lief; ich kehrte ins Hotel zurück, an dessen Tür geschrieben schien: Den Armen ist hier der Eintritt verboten.

Marceline empfing mich immer gleich; ohne ein Wort des Vorwurfs oder Zweifels zwang sie sich trotz allem zu lächeln. – Wir nahmen unsere Mahlzeiten für uns ein; ich ließ ihr das Beste auftragen, was dieses mittelmäßige Hotel zu bieten hatte. Und während der Mahlzeit dachte ich: ein Stück Brot, ein Stück Käse, eine Fenchelknolle genügt ihnen und genügte mir ebenso. Und vielleicht gibt es da, ganz nahe, sogar welche, die Hunger und nicht einmal diese magere Kost haben … Und mit dem, was da auf meinem Tisch steht, könnte man sie für drei Tage sättigen! Ich hätte die Mauern einreißen mögen, die Gäste hereinströmen lassen … Denn zu fühlen, dass die andern Hunger litten, wurde mir zur furchtbaren Qual. Ich ging wieder zum alten Hafen hinunter, wo ich aufs Geratewohl das Kleingeld verteilte, mit dem ich meine Taschen gefüllt hatte.

Die Armut des Menschen versklavt ihn; um zu essen, nimmt er jede freudlose Arbeit an; jede Arbeit, die kein Vergnügen macht, ist erbärmlich, dachte ich, und ich bezahlte mehreren das Nichtstun. Ich sagte: Du musst nicht arbeiten: das langweilt dich. Ich erträumte für jeden jene Muße, ohne die nichts Neues, kein Laster, keine Kunst, sich entfalten kann.

Marceline gab sich keinen Täuschungen hin über meine Gedanken. Wenn ich vom alten Hafen zurückkam, verbarg ich ihr nicht, welche traurigen Gestalten mich dort umgaben. – Im Menschen steckt alles. Marceline ahnte sehr wohl, was ich mich hartnäckig aufzudecken bemühte; und wenn ich ihr vorwarf, dass sie zu oft an Tugenden glaube, die sie in jeden Menschen nach Belieben hineinlege, sagte sie:

»Ja, du bist erst zufrieden, wenn du sie dazu gebracht hast, dir ein Laster zu zeigen. Verstehst du denn nicht, dass unser Blick in jedem den Punkt, auf den er sich richtet, entwickelt, übertreibt, und dass wir ihn veranlassen, das zu werden, was er nach unserer Meinung ist.«

Lieber wäre mir gewesen, sie hätte nicht recht gehabt, aber ich musste mir wohl eingestehen, dass mir in jedem Menschen der schlimmste Trieb der aufrichtigste schien. – Doch was nannte ich Aufrichtigkeit?

Endlich verließen wir Syrakus. Die Erinnerung an den Süden und die Sehnsucht nach ihm quälten mich. Auf dem Wasser ging es Marceline besser ... Ich sehe noch die Tönung des Meeres. Es ist so ruhig, dass die Fahrrinne des Schiffes ihm eingeprägt bleibt. Ich höre die Tropfgeräusche, die Wassergeräusche; das Scheuern des Decks und auf den Planken das Klatschen der nackten Füße der Männer. Ich sehe noch Malta, ganz weiß; die Einfahrt nach Tunis ... Wie habe ich mich verändert!

Es ist heiß. Es ist schön. Alles ist strahlend. Ah! ich wollte, dass sich in jedem Satz die ganze Ernte der Lust speicherte ... Vergebens werde ich mich nun darum bemühen, meinem Bericht mehr Ordnung aufzuzwingen, als es in meinem Leben gegeben hat. Lange genug habe ich euch zu erklären versucht, wie ich zu dem wurde, der ich bin. Ah! könnte ich meinen Geist von dieser unerträglichen Logik befreien! ... Ich fühle nur Edles in mir.

Tunis. Licht im Übermaß, doch nicht zu stark. Noch der

Schatten ist erfüllt davon. Die Luft selbst scheint eine leuchtende Flüssigkeit, in der alles badet, in die man eintaucht, in der man schwimmt. Dieses Land der Wollust befriedigt, aber stillt nicht das Verlangen, das jede Befriedigung steigert.

Ein Land frei von Kunstwerken. Ich verachte jene, die Schönheit nur umschrieben und ausgedeutet zu würdigen wissen. Dies ist das Wundervolle am arabischen Volk, dass es seine Kunst lebt, sie singt und sie verschwendet von Tag zu Tag; es hält sie nicht fest, konserviert sie in keinem Werk. Das ist die Ursache und die Wirkung des Mangels an großen Künstlern ... Ich habe immer jene für große Künstler gehalten, die es wagen, so natürlichen Dingen das Recht auf Schönheit zu verleihen, dass, wer sie sieht, nachher sagen muss: Weshalb habe ich nicht längst begriffen, dass auch dies schön ist?

In Kairouan, das ich noch nicht kannte und wohin ich ohne Marceline fuhr, war die Nacht sehr schön. In dem Augenblick, als ich zum Schlafen ins Hotel zurückkehren wollte, erinnerte ich mich an eine Gruppe von Arabern, die unter freiem Himmel auf den Matten eines kleinen Cafés gelegen hatten. Ich ging hin und legte mich bei ihnen schlafen. Von Ungeziefer bedeckt kam ich zurück.

Die feuchte Hitze der Küste schwächte Marceline sehr; ich redete ihr ein, wir müssten so schnell wie möglich Biskra erreichen. Es war Anfang April.

Diese Reise ist sehr lang. Am ersten Tag fahren wir in einem Zug durch bis Constantine; am zweiten Tag ist Marceline sehr matt, und wir kommen nur bis El Kantara. – Dort haben wir gegen Abend einen Schatten gesucht und gefunden, köstlicher und frischer als der klare Mondschein: die Nacht. Sie war wie ein unversiegbarer Trank, sie flutete über uns hin. Und von der Böschung aus, auf der wir saßen, sah man die glühende Ebene. In dieser Nacht kann Marceline nicht schlafen; die Fremdartigkeit der Stille und der geringsten Geräusche beunruhigt sie. Ich fürchte, sie hat ein wenig Fieber. Ich höre, wie sie sich in ihrem Bett herumwirft. Am nächsten Tag finde ich sie blasser. Wir fahren weiter.

Biskra. Also dahin geht mein Trachten … Ja, hier ist der öffentliche Park; die Bank … Ich erkenne die Bank wieder, auf der ich in den ersten Tagen meiner Genesung saß. Was nur las ich hier? … Homer; seither habe ich ihn nicht wieder aufgeschlagen. – Dort der Strauch, dessen Rinde ich betastet habe. Wie schwach war ich damals! … Schau, da sind Kinder … Nein, ich kenne keines. Wie ernst Marceline ist! Sie hat sich ebenso verändert wie ich. Warum hustet sie, bei diesem schönen Wetter? – Da ist das Hotel. Da unsere Zimmer, unsere Terrasse. Was denkt Marceline? Sie hat kein Wort zu mir gesagt. Sobald sie in ihrem Zimmer ankommt, legt sie sich aufs Bett; sie ist müde und sagt, sie möchte ein wenig schlafen. Ich gehe hinaus.

Ich erkenne die Kinder nicht wieder, aber die Kinder erkennen mich. Von meiner Ankunft benachrichtigt, laufen sie alle zusammen. Ist es möglich, dass sie das sind? Was für eine Enttäuschung! Was ist nur geschehen? Sie sind schrecklich gewachsen; in kaum mehr als zwei Jahren – das ist doch nicht möglich … welche Mühsal, welche Laster, welche Trägheit haben schon so viel Hässlichkeit in diese Gesichter gegraben, aus denen so viel Jugend strahlte? Welche elende Arbeit hat diese schönen Leiber so früh verkrümmt? Das ist wie ein Bankrott … Ich frage. Bachir ist Spüljunge in einem Café; Ashour verdient sich mühsam ein paar Sous mit Steineklopfen beim Straßenbau; Hammatar hat ein Auge verloren. Wer hätte es geglaubt: Sadek hat sich eingefügt; er hilft einem älteren Bruder beim Brotverkaufen auf dem Markt; er ist anscheinend stumpfsinnig geworden. Agib hat sich bei seinem Vater als Metzger niedergelassen; er wird fett; er ist hässlich, er ist reich, er will mit seinen abgesunkenen Gefährten nicht mehr sprechen … Wie die ehrbaren Berufe verdummen! Muss ich nun bei ihnen wiederfinden, was mir bei uns verhasst war? – Boubaker? – Er hat sich verheiratet. Er ist noch keine fünfzehn Jahre alt. Es ist grotesk. – Doch nein; ich habe ihn am Abend wiedergesehen. Er erklärt mir, seine Heirat sei nur zum Schein. Ich glaube, er ist ein ganz ruchloser Wüstling! Aber er trinkt, verunstaltet sich … Und das ist also alles, was bleibt? Das also macht das Leben daraus! – Ich fühlte an meiner unerträglichen Traurigkeit, dass ich vor allem gekommen war, um sie wiederzusehen. – Ménalque hatte recht: Die Erinnerung ist eine unglückselige Erfindung.

Und Moktir? – Ah! der kommt eben aus dem Gefängnis. Er versteckt sich. Die andern verkehren nicht mehr mit ihm. Ich möchte ihn wiedersehen. Er war der schönste unter ihnen allen; wird auch er mich enttäuschen? … Man findet ihn. Man bringt ihn zu mir. – Nein! dieser da hat nicht versagt. Selbst in meiner Erinnerung schien er mir nicht so prachtvoll. Seine Kraft und seine Schönheit sind vollkommen … Als er mich erkennt, lächelt er.

»Und was hast du getan, ehe du im Gefängnis warst?«

»Nichts.«

»Hast du gestohlen?«

Er bestreitet es.

»Was tust du jetzt?«

Er lächelt.

»Nun, Moktir! Wenn du nichts zu tun hast, wirst du uns nach Touggourt begleiten.« Und plötzlich fühle ich mich von dem Wunsch gepackt, nach Touggourt zu fahren.

Marceline geht es nicht gut; ich weiß nicht, was in ihr vorgeht. Als ich an diesem Abend ins Hotel zurückkehre, drückt sie sich, ohne ein Wort zu sagen, mit geschlossenen Augen fest an mich. Ihr weiter Ärmel hat sich hochgeschoben und entblößt ihren abgemagerten Arm. Ich streichle und wiege sie lange wie ein Kind, das man zum Einschlafen bringen will. Ist es die Liebe oder die Angst, oder das Fieber, was sie so zittern lässt? … Ah! vielleicht wäre es noch Zeit … Werde ich mir nicht Einhalt gebieten? – Ich habe gesucht und gefunden, was meinen Wert ausmacht: eine Art Beharren im Schlimmsten. – Aber wie soll ich es Marceline sagen, dass wir morgen nach Touggourt reisen? …

Jetzt schläft sie im Nachbarzimmer. Der Mond, der seit Langem aufgegangen war, überschwemmt nun die Terrasse. Es ist eine fast erschreckende Helligkeit. Man kann sich nicht vor ihr verbergen. Mein Zimmer hat weiße Fliesen, darauf leuchtet sie besonders wider. Die Flut strömt herein durch das weit geöffnete Fenster. Ich erkenne diese Helligkeit im Zimmer wieder und auch den Schatten, den die Tür hineinzeichnet. Vor zwei Jahren reichte sie noch weiter … ja, genau bis dahin, wo sie jetzt vorrückt – da bin ich aufgestanden und habe auf den Schlaf verzichtet. Ich lehnte mich mit der Schulter gegen diesen Türrahmen. Ich erkenne die Reglosigkeit der Palmen wieder … Welchen Satz hatte ich an jenem Abend gelesen? … Ah! ja, die Worte des Herrn an Petrus: »Da du jünger warst, gürtetest du dich selber und wandeltest, wohin du wolltest …« Wohin gehe ich? Wohin will ich gehen? … Ich habe euch nicht erzählt, dass ich diesmal von Neapel aus einen Tag allein nach Paestum gefahren war … Ah! ich hätte vor diesen Steinen schluchzen mögen! Die alte Schönheit offenbarte sich, einfach, vollendet, heiter – verlassen. Die Kunst flieht mich, ich fühle es. Um wem Platz zu machen? Es ist nicht mehr wie vorher eine lächelnde Harmonie … Ich kenne den Gott der Finsternis nicht, dem ich jetzt diene. O neuer Gott! gewähre mir, dass ich noch unbekannte Rassen, nie gesehene Arten der Schönheit kennenlerne.

Am folgenden Tag führt uns der Postwagen bei Tagesanbruch weiter. Moktir ist bei uns. Moktir ist glücklich wie ein König.

Chegga, Kefeldorh', M'Reyer ... düstere Etappen auf der noch düstereren, endlosen Straße. Ich hatte mir, das muss ich gestehen, diese Oasen heiterer vorgestellt. Aber nichts mehr als Stein und Sand; dann ein paar Zwergbüsche mit bizarren Blüten; bisweilen eine Andeutung von Palmen, die eine verborgene Quelle speist ... Der Oase ziehe ich jetzt die Wüste vor ... dieses Land tödlicher Herrlichkeit und unerträglichen Glanzes. Die Bemühungen des Menschen wirken hässlich und kläglich darin. Jetzt langweilt mich jede andere Landschaft.

»Du liebst das Unmenschliche«, sagt Marceline. Aber wie sie selbst um sich schaut! Mit welcher Gier!

Am zweiten Tag verschlechtert sich das Wetter ein wenig; der Wind setzt ein, und der Horizont wird trüb. Marceline leidet; der Sand, den man einatmet, verbrennt, reizt ihre Kehle; die übermäßige Helle ermüdet ihren Blick; dieses feindselige Land erdrückt sie. – Aber jetzt ist es zu spät zur Umkehr. In einigen Stunden erreichen wir Touggourt.

An diesen letzten Teil der Reise, der doch noch so nah ist, erinnere ich mich am wenigsten. Unmöglich, mir jetzt die Landschaften des zweiten Tages vorzustellen und was ich zunächst in Touggourt tat. Aber an meine Ungeduld und Überstürzung erinnere ich mich noch genau.

Am Morgen war es sehr kalt gewesen. Gegen Abend erhebt sich ein heißer Samum. – Marceline hat sich, erschöpft von der Reise, gleich nach unserer Ankunft hingelegt. Ich hoffte, ein etwas angenehmeres Hotel zu finden; unser Zimmer ist schrecklich; der Sand, die Sonne und die Fliegen haben alles gebleicht, beschmutzt, abgenutzt. Da wir seit Sonnenaufgang fast nichts mehr gegessen haben, lasse ich sogleich das Essen servieren; aber alles scheint Marceline schlecht, und ich kann sie nicht dazu bewegen, etwas zu sich zu nehmen. Wir haben alles mitgebracht, um Tee zu bereiten. Ich kümmere mich um solche lächerlichen Hilfsdienste. Wir begnügen uns zum

Abendessen mit etwas trockenem Gebäck und mit diesem Tee, dem das salzige Wasser des Landes seinen scheußlichen Geschmack gegeben hat.

Um einen letzten Anschein von Tugend zu wahren, bleibe ich bis zum Abend bei ihr. Und plötzlich fühle auch ich mich am Ende meiner Kräfte. O Aschengeschmack, Ermattung, Trauer der übermenschlichen Anstrengung! Ich wage sie kaum anzusehen; ich weiß zu genau, dass meine Augen, statt ihren Blick zu suchen, sich schaudernd auf diese schwarzen Löcher ihrer Nase heften werden; der Ausdruck ihres verquälten Gesichts ist schrecklich. Auch sie sieht mich nicht an. Ich fühle ihre Angst, als ob ich sie berührte. Sie hustet stark, dann schläft sie ein. Bisweilen schüttelt sie ein plötzliches Frösteln.

Die Nacht könnte schlimm werden, und bevor es zu spät ist, möchte ich wissen, an wen ich mich wenden kann. Ich gehe hinaus. Der Marktplatz von Touggourt vor der Hoteltür, die Straßen, die Atmosphäre selbst sind so fremdartig, dass ich glaube, nicht ich sei es, der sie sieht. – Nach wenigen Augenblicken gehe ich wieder hinein. Marceline schläft ruhig. Ich habe mich umsonst geängstigt; in diesem bizarren Land vermutet man überall Gefahren; es ist absurd. Und ich gehe hinreichend beruhigt wieder hinaus.

Seltsames nächtliches Treiben auf dem Platz; lautloser Verkehr; geheimnisvolles Gleiten weißer Burnusse. Der Wind reißt für Augenblicke fremdartige Musikfetzen mit sich und trägt sie ich weiß nicht wohin. Es tritt jemand auf mich zu … Es ist Moktir. Er habe mich erwartet, sagt er, und habe sich gedacht, ich werde sicher noch einmal ausgehen. Er lacht. Er kennt sich in Touggourt gut aus, kommt oft hierher und weiß, wohin er mich entführt. Ich lasse mich von ihm mitziehen.

Wir gehen durch die Nacht; wir betreten ein maurisches Café; von daher kam die Musik. Dort tanzen arabische Frauen – wenn man dieses eintönige Hin-und-her-Gleiten einen Tanz nennen kann. – Eine von ihnen fasst mich an der Hand; ich folge ihr; es ist die Geliebte Moktirs; er geht mit … Wir treten alle drei in das schmale, tiefe Zimmer, das einzig mit einem Bett möbliert ist … einem sehr niedrigen Bett, auf das wir uns setzen. Ein im Zimmer eingeschlossenes weißes Kaninchen ist zuerst sehr scheu; dann wird es zutraulich und kommt näher, um Moktir aus der Hand zu fressen. Man bringt uns Kaffee. Dann, während Moktir mit dem Kaninchen spielt, zieht diese Frau mich an sich, und ich überlasse mich ihr, wie man sich dem Schlummer überlässt …

Oh! ich könnte darüber schweigen oder heucheln; aber was liegt mir an dieser Erzählung, wenn sie nicht mehr aufrichtig ist? …

Ich kehre allein ins Hotel zurück; Moktir bleibt die Nacht über. Es ist spät. Es weht ein trockener Schirokko; das ist ein sandbeladener Wind, und glutheiß, trotz der Nacht; nach ein paar Schritten bin ich schweißgebadet; aber plötzlich habe ich es sehr eilig, nach Hause zu kommen, und fast laufend erreiche ich das Hotel. – Sie ist vielleicht aufgewacht … vielleicht braucht sie mich? Nein, das Fenster des Zimmers ist dunkel. Ich warte auf eine kurze Windstille, um die Tür zu öffnen; ganz leise trete ich in das Dunkel ein. – Was ist das für ein Geräusch? … Ich erkenne ihr Husten nicht wieder … Ich mache Licht …

Marceline sitzt halb auf ihrem Bett; einer ihrer mageren Arme klammert sich an die Bettpfosten, hält sie aufrecht; die Laken, ihre Hände, ihr Hemd sind überschwemmt von einem Blutstrom; ihr Gesicht ist ganz davon beschmutzt; ihre Augen sind erschreckend weit geöffnet; und kein Schrei der Todesangst würde mich so entsetzen wie ihr Schweigen. – Ich suche auf ihrem schweißnassen Gesicht eine kleine Stelle, auf die ich einen furchtbaren Kuss drücken kann; der Geschmack ihres Schweißes bleibt mir auf den Lippen. Ich wasche und erfrische ihre Stirn, ihre Wangen ... Neben dem Bett spüre ich etwas Hartes unter meinem Fuß; ich bücke mich und hebe den kleinen Rosenkranz auf, nach dem sie damals in Paris verlangte und den sie hat fallen lassen; ich lege ihn in ihre offene Hand, aber sogleich senkt sich ihre Hand und lässt ihn erneut fallen. – Ich weiß nicht, was tun; ich möchte um Hilfe rufen ... ihre Hand klammert sich verzweifelt an mich, hält mich zurück; ah! glaubt sie denn, ich will sie verlassen? Sie sagt:

»Oh! du kannst wohl noch warten.« Sie sieht, dass ich etwas sagen will: »Sage nichts«, fügt sie hinzu, »es ist alles gut.« – Wieder hebe ich den Rosenkranz auf, lege ihn wieder in ihre Hand, aber wieder lässt sie ihn fallen – was sage ich – wirft ihn hin. Ich knie neben ihr nieder und presse ihre Hand an mich.

Sie lässt sich halb auf das Kissen und halb auf meine Schulter sinken, scheint ein wenig zu schlafen, aber ihre Augen bleiben weit geöffnet.

Eine Stunde später richtet sie sich wieder auf; ihre Hand löst sich aus der meinen, krallt sich in ihr Hemd, zerreißt die Spitze. Sie erstickt. – Gegen Morgen ein neuer Blutsturz ...

Damit habe ich euch meine Geschichte erzählt. Was soll ich noch hinzufügen? – Der französische Friedhof von Touggourt ist scheußlich, halb verzehrt vom Sand ... Das bisschen Willenskraft, das mir noch blieb, habe ich ganz darauf verwandt, sie diesem Ort der Verzweiflung zu entreißen. Sie ruht in El Kantara, im Schatten eines Privatgartens, den sie liebte. Seit alledem sind kaum drei Monate vergangen. Diese drei Monate haben alles um zehn Jahre ferngerückt.

Michel verharrte lange schweigend. Auch wir sagten kein Wort, jeder erfasst von einem seltsamen Unbehagen. Uns musste scheinen, als habe Michel sein Verhalten gerechtfertigt, indem er uns davon berichtete. Dass wir nicht wussten, wo wir in seinen ausführlichen Erklärungen unseren Tadel ansetzen sollten, machte uns fast zu Mitschuldigen. Wir waren gleichsam mit hineinverwickelt. Er hatte seinen Bericht ohne ein Zittern in der Stimme zu Ende gebracht, ohne dass ein Tonfall oder eine Geste bezeugt hätten, dass ihn irgendeine Empfindung quälte – sei es nun, dass er einen zynischen Stolz darein setzte, nicht bewegt zu erscheinen, sei es, dass er aus einer Art Scham heraus fürchtete, durch seine Tränen unser Mitgefühl herauszufordern, sei es schließlich, dass er nicht bewegt war. Ich kann in ihm auch jetzt noch nicht den Teil Stolz, Kraft, Gefühlsarmut oder Scham unterscheiden. – Dann begann er plötzlich von Neuem:

Es erschreckt mich, ich muss es gestehen, dass ich noch sehr jung bin. Manchmal scheint mir, als hätte mein eigentliches Leben noch gar nicht begonnen. Reißt mich jetzt hier heraus und gebt meinem Dasein einen Sinn. Ich selbst weiß keinen mehr zu finden. Ich habe mich befreit, das ist möglich; aber was bringt das? Ich leide unter dieser untätigen Freiheit. Glaubt nicht, dass ich meines Verbrechens müde wäre, wenn ihr es so zu nennen beliebt; aber ich muss mir selbst beweisen, dass ich mein Recht nicht überschritten habe.

Zu Anfang unserer Freundschaft besaß ich eine große Beharrlichkeit im Denken, und ich weiß, dass eben das die wahren Menschen ausmacht; ich besitze sie nicht mehr. Ich glaube jedoch, dass dieses Klima daran schuld ist. Nichts entmutigt das Denken so sehr wie dieser beständig blaue Himmel. Hier ist jedes Suchen unmöglich, so rasch folgt die Lust dem Verlangen. Von Glanz und Tod umgeben, empfinde ich das Glück als allzu gegenwärtig und die Hingabe an das Glück als allzu eintönig. Ich lege mich mitten am Tag schlafen, um mich über die trübselige Länge der Tage und ihre unerträgliche Leere hinwegzutäuschen.

Seht, da habe ich weiße Kiesel, die ich im Schatten kühlen

lasse und dann lange in der hohlen Hand halte, bis ihre beruhigende Frische erschöpft ist. Nun beginne ich von Neuem, wechsle die Kiesel aus, lasse die wieder abkühlen, deren Frische versiegt ist. Die Zeit vergeht, und der Abend kommt … Holt mich hier heraus; ich kann es nicht selbst tun. Mein Wille ist irgendwie gebrochen; ich weiß nicht einmal, woher ich die Kraft genommen habe, aus El Kantara fortzugehen. Manchmal habe ich Angst, dass sich rächen könnte, was ich unterdrückt habe. Ich möchte neu anfangen. Ich möchte mich von den Überresten meines Vermögens befreien; seht, diese Wände sind noch damit bedeckt … Hier lebe ich von fast nichts. Ein halb französischer Gastwirt kocht ein wenig für mich. Das Kind, das ihr bei eurer Ankunft verjagt habt, bringt mir morgens und abends das Essen, für ein paar Sous und Liebkosungen. Dieses Kind, das sich vor Fremden so wild gebärdet, ist gegen mich zärtlich und treu wie ein Hund. Seine Schwester ist eine Ouled-Naïl, die jeden Winter nach Constantine geht, wo sie ihren Körper den Reisenden verkauft. Sie ist sehr schön, und ich habe es in den ersten Wochen gelitten, dass sie gelegentlich die Nacht bei mir verbrachte. Aber eines Morgens hat uns ihr Bruder, der kleine Ali, zusammen überrascht. Er zeigte sich sehr empört und wollte fünf Tage lang nicht wiederkommen. Dabei weiß er recht gut, wie und von was seine Schwester lebt; vorher sprach er in einem Ton davon, der keinerlei Verlegenheit andeutete … War er also eifersüchtig? – Übrigens hat dieser Schelm sein Ziel erreicht; denn halb aus Überdruss, halb aus Furcht, Ali zu verlieren, habe ich das Mädchen seit diesem Zwischenfall nicht mehr bei mir behalten. Sie ist darüber nicht böse; aber sooft ich ihr begegne, lacht sie und scherzt, weil ich ihr den Knaben vorziehe. Sie behauptet, er vor allem halte mich hier zurück. Vielleicht hat sie ein wenig recht …